U0838813

林海音

Lin Haiyin

今生只活得平静二字

北京时代华文书局

图书在版编目（CIP）数据

今生只活得平静二字 / 林海音著. -- 北京 : 北京时代华文书局, 2017.4
ISBN 978-7-5699-1495-5

Ⅰ. ①今… Ⅱ. ①林… Ⅲ. ①散文集－中国－当代 Ⅳ. ① I267

中国版本图书馆 CIP 数据核字（2017）第 056486 号

今生只活得平静二字

JINSHENGZHIHUODEPINGJINGERZI

著　　者 | 林海音

出 版 人 | 王训海
选题策划 | 陈丽杰
责任编辑 | 陈丽杰　骆礼波
封面设计 | 熊琼 | 云中 YUNyard Workshop
内文设计 | 王艾迪
内文插图 | 黄有维
封面摄影 | 夏小暖
责任印制 | 刘　银　訾　敬

出版发行 | 北京时代华文书局 http://www.bjsdsj.com.cn
北京市东城区安定门外大街 136 号皇城国际大厦 A 座 8 楼
邮编：100011　电话：010 - 64267955　64267677
印　　刷 | 北京卡乐富印刷有限公司　010 - 64267397
（如发现印装质量问题，请与印刷厂联系调换）
开　　本 | 787mm×1092mm　1/16　　印　　张 | 14　　字　　数 | 200 千字
版　　次 | 2017 年 6 月第 1 版　　印　　次 | 2017 年 6 月第 1 次印刷
书　　号 | ISBN 978-7-5699-1495-5
定　　价 | 45.00 元

CONTENTS

目录

第一章 于平静处看人生波澜

第二章 浮生如水又如云

第三章 无限滋味是人间

第四章 那年北京还叫北平

请不要为了那页已消逝的时光而惆怅，

如果这就是成长，

那么就让我们安之若素。

第一章

于平静处看人生波澜

绢笠町忆往

绢笠町忆往。

写下了这个题目，我自己好笑起来了，可别蒙骗读者呀！绢笠町对你，究竟有多少往事可供回忆嘛？那么，我就换一种解释，我是说我要回忆前往绢笠町的那回事儿。

听说大阪人是财大气粗的那种人，他们一向瞧不起东京人的小气。因此，当我想到大阪人的时候，总想象成他们是“好酒大碗筛上来”的那种神态。又想象他们说的话，也缺少了东京人那种一句话后面跟着一串客套的礼貌。这种情形也往往会使我拿北京旗人和山东老粗儿来作对比。

大阪离东京有五百多里地，东海道新干线的火车，自东京新桥车站开出，只要四小时就到了新大阪站，这还是1965年10月以前我去的时候的事。10月以后，又缩短了一小时，只要三小时就从关东到了关西。交通的进步，真是可怕又可爱。

我计划到大阪一趟去看看的心情，有好几十年了（这个数字我并没有写错）。我去，并不是为了看财大气粗的大阪人，也不是要领略日本那句俗话“玩儿死东京，吃死大阪”的滋味。自从我知道我是出生在大阪的回生病院以后，我就总想着有一天我是会再来到这地方的。

我母亲回忆往事的时候，有一个习惯，如果她要赞美或形容某个地方、某件事情，总要先发出几声“啧啧”，才开始话题。这使我觉得很好笑，但是我总还是怂恿她说下去，虽然是一遍又一遍的老话，我们不知听过多少次了。她说：

“啧，我不是跟你说过吗？大阪水多桥也多，回生病院的前面就是一座桥。过了桥，有一个公会堂，梅兰芳第一次到大阪唱戏，就在那儿。那年你正生病住在回生病院里。啧啧，晚上在病房里，打开窗户，隔着河，就可以听见那边传过来的锣鼓声了。啧！”

“还有呢？”

其实，还有的我都熟知了，但是让母亲来说，也是她的一种享受。所以母亲拢拢她的苍苍白发又说了：

“看护妇都跟你混熟了。”

“为什么？”

“总爱生病呀，一生病就是送到回生病院去住院，每次去，看护妇们就都一路喊着‘英子又来了’跑过来看你。”

你看，我想得出那个女婴，受着像公主一般的宠爱，难怪我要“忆往”了。

1965年8月底，我一路从早已秋高气爽的旧金山追着热浪回到东方来。我先在东京、京都转了几天，然后那天早上，我独自一个乘上早晨八点自东京开出的东海道线“光”号直达火车，十二点到达新大阪。新大阪到大阪，还得换乘一段车，好在为时不长，而且我在火车上已经买过一个便当吃了，算作我的晨午合餐。

下了车，我随着人潮往外涌，到这时为止，我不但对这个日本第二大城的地理环境的认识毫无准备工作，就是连我的出生地回生病院是在哪条街上都不知道。母亲既然屡次说，这是当年大阪数一数二的大医院，我还怕找不到它吗？

在要走出火车站的廊下，我看见一个女孩子摆的香烟摊上，还有各种花花绿绿的册子卖，果然我在其中找到了大版市区地图。这张地图很好，翻过背面，还印着许多索引、指南。在官厅、公所、学校……一览表里，我看见“病院”一栏，罗列了二十几家医院，却没有那家数一数二的回生病院。仔细看看，原来所有的全是公家医院，这就难怪了。

我回过头来问香烟摊的小女孩，知道不知道回生病院，她连说知道，离火车站不远。据她比手画脚所指示给我的路途，仿佛不用三弯两拐就到了。我真高兴，谢了她，出了火车站，还是叫了一辆计程车前往。我旅行每到陌生地方，如果时间有得多，我也还是喜欢拿了地图，自己乱走乱闯一阵的，但是我这次预备以一天时间将大阪、东京打个来回，为争取时间，即使再近，也懒得按图索骥了。

我在车上想，到了回生病院，我找谁呢？说明我在这家医院出生的，想来拜访一下的几句简单的日本话，虽然早已经学好怎么说了，可是再接下去，实在也不会多说了。好在是跟日本人说话，可以连说带写，同文同种嘛！……还没想通呢，绢笠町到了，回生病院到了，我的出生地到了。

我下了车，先看看环境。回生病院就在绢笠町的一个巷口。它和想象中母亲所告诉我的，毕竟也还是不同。巷子不大，巷口外果然对着一座桥。回生病院不是一个建筑伟观的大医院，虽然是楼房，但很普通，楼旁竖立着一块广告牌，注明医院科别，是一家全科医院。

我上了几层台阶，进到医院里。这时已经时过中午，所以候诊处只剩寥寥无几等待取药的人。在公共场所里，一个人的进出，是不会引人注意的，我便也在候诊长椅上坐了下来。迟疑了一会儿，我才走向对面的办公处，用生硬的日语问他们，有没有能讲英语的人。我想如果有会说英语的，我们就可以多一种表达的工具了。办公的小姑娘听说，立刻从后面请来了一个小老头儿和我交谈。我对他说，我是出生在这家医院的中国人，这是我四十多年第一次重临我的出生地。我说我是旅行美国归来，特别计划来访问的，我想看一看我的病历，看看我出生或住过的病房什么的。我又告诉他，我出生后的第一种语言，是日本话，可惜如今快忘光了。小老头儿听了，又惊奇又高兴。他告诉我说，病历是每十年作废一次，当然无法找到了。病院的建筑，虽然没有毁于战争，但部分却遭火灾重建过。不过，他想了想说：

“我带你去见见妇产科的看护妇长，她在这里几十年了，说不定你还是在她的照顾下出生的呢！”

这时已经一点多了，妇产科很清闲，老看护妇长带着几个看护妇小姑娘在闲聊，看见我们进去，当然很奇怪，小老头儿给我介绍看护妇长丹尾女士，并且告诉她我的事。丹尾很兴奋，跟我计算我的出生和后来生病的年月，再算算她自己来这里工作的年月。结果，她来这家医院还在我出生后四五年呢！算起来，我在这医院比她资格还老。我们说了都不免大笑起来。

小姑娘们也好奇而又亲切地招呼我，几个人领着我参观病院。告诉我什么地方是烧过了重建的，什么地方是原来的妇产科。在穿过一条甬道到另一座旧楼去时，丹尾告诉我，以前的产房便在这座楼里。旧楼似乎只有贮存室的用场了，而当我们来到一间灰暗的、空闲着的小屋时，丹尾告诉我：“这儿，就是你的出生地了！”

她又站在这间不过六席大的房间，比画着说，生产台就放在这里，虽然她比我晚来了五年，但是在她来以后的许多年，这里一直是作为产房的。

几十年来憧憬着的出生地，达到已重临一访的目的后，满足了，也就没什么稀奇了。这房间还是日本式铺着席的，现在因为被前面的大楼遮住了，所以虽才过了中午不久，竟一点光线也没有，怪不得现在弃置不用。

这间灰扑扑的暗室，到底也给了我一些亲切感，我老远地跑到大阪来，不过是为了看看它。路程是这样的遥远，目的是这样的单纯。我想告诉他们，我的母亲在这间小屋生我的时候，她也不过才十六岁，一个娇小美丽的女子；我也想告诉他们，我的父亲是一个风流潇洒的男子，当他一街转一街，一家转一家，从天黑喝酒到天明，我的母亲在异国的旅居中，夜夜等待着返归的丈夫，从无怨言。但是，因为词不达意，我并不能把我的感觉表达出来，只好环顾清凉的四壁，发发愣就出来了。

我谢了他们的好意，这样热情地招待我，他们一直陪我走出了医院，又向那桥上走去。小老头儿告诉我，桥名“水晶”，好清爽的名字！可是他在我的记事簿上用英文写下的却是pearl bridge，珍珠桥，也一样的好听。

过了桥就是夹在堂岛川和堀川两条河的“中之岛”浮洲了，我们站在桥头上，观望四外的景致。大阪是被称为“烟之都”的日本工业城，人口二百万，还在天天增加。他们自夸说掌握了天下财富的百分之七十。“天下”当然是指的日本自己，这语气虽然是财大气粗，但也是事实。我的父亲曾在这附近开了一家东成商会，我不知道他做的什么生意，只知道失败以后，才到距离家乡更远的北京去打天下。

唯一给我留下印象的，是那个玲珑小巧的小保险箱，喷漆皮上印着的“东成商会”四个金字。母亲后来用它来装她的珍藏。

再向隔岸看去，只有一座大建筑物，想必那就是当年梅兰芳唱戏的地方了。我不能想象在那相当远的距离下，怎么会推开医院的窗户，就可以听见锣鼓声。但是想想也可能的，声音在静夜中自水上飘流过来，也许比空气更有效。于是我指着那个大楼，在记事簿上写了“梅兰芳”三个字，并且告诉他们四十多年前的往事。

到这儿，我访问我的出生地，可以告一段落了。人们一定会说，她出生的地方既不够神秘，大阪人也并不全那么粗声粗气，这一回的绢笠町忆往，好平凡！

1965年

书桌

窥探我家的“后窗”，是用不着望远镜的。过路的人只要稍微把头一歪，后窗里的一切，便可以一览无遗。而最先看到的，便是临窗这张触目惊心的书桌！

提起这张书桌，很使我不舒服，因为在我行使主妇职权的范围内，它竟属例外！许久以来，他每天早上挟起黑皮包要上班前，总不会忘记对我下这么一道令：

“我的书桌可不许动！”

这句话说久了真像一句格言，我们随时随地都要以这句“格言”为警惕。

对正在擦桌抹椅的阿彩，我说：“先生的书桌可不许动！”

对正在寻笔找墨的孩子们，我说：“爸爸的书桌可不许动！”

就连刚会单字发音的老四都知道，爬上了书桌前的藤椅，立刻拍拍自己的小屁股，嘴里发出很干脆的一个字：“打！”跟着便赶快自动地爬下来。

但是看一看他的书桌在继续保持“不许动”之下，变成了怎样的情形！

书桌上的一切，本是代表他的生活的全部，包括物质与精神的。他仰仗它，得以养家糊口；他仰仗它，达到写读之乐。但我真不知道当他要写或读的时候，是要怎样刨开了桌面上的一片荒芜，好给自己展开一块耕耘之地？忘记盖盖的墨水瓶，和老鼠共食的花生米，剔断的牙签、眼药瓶、眼镜盒、手电筒、回纹针、废笔头……散漫地布满在灰尘朦胧的“玻璃垫”上！另外再有便是东一堆书、西一叠报，无数张剪报夹在无数册书本里。字典里是纸片，地图里也是纸片。这一切都亟待整理，但是他说“不许动”！

不许动，使我想起了一个笑话：一个被汽车撞伤的行人呻吟路中，大家主张赶快送医院救治，但是他的家属却说：“不许动！我们要保持现场等着警察来。”不错，我们每天便是以“保持现场等着警察来”的心情看着这张书桌，任其脏乱！

窗明几净表示这家有一个勤快的主妇，何况我尚有“好妻子”的衔称，想到这儿，我简直有点儿冒火儿，他使我的美誉蒙受污辱，我决定要彻底地清理一下这书桌，我不能再等着警察了。

要想把这张混乱的书桌清理出来，并不简单，我一面勘察现场，一面运用我的智慧。怎样使它达到清洁、整齐、美观、实用的地步呢？因为除了清洁以外，势必还得把桌面上的东西分门别类地整理一下，使物各就其位，然后才能有随手取用的便利，这一点是要着重的。

我首先把牙签盒送到餐桌上，眼药瓶送回医药箱，眼镜盒应当摆进抽屉里，手电筒是压在枕头底下的，这是第一步。第二步就轮到那些书报了，应当怎样使它们各就其位呢？我又想起一个故事：据说好莱坞有一位附庸风雅的明星，她买了许多名贵的书籍，排列在书架上，竟是以书皮的颜色分类的，多事的记者便把这件事传出去了。但是我想我还不至于浅薄如此，就凭我在图书馆的那几年编目的经验，对于杜威的十进分类法倒还有两手儿。可是就这张书桌上的文化，也值得我小题大做地把杜威抬出来么？

待我思索了一会儿以后，决定把这书桌上的文化分成三大类，我先把夹在书本里的剪报全部抖落出来，剪报就是剪报，把它们合成一叠放进一个纸夹里，要参考什么资料，打开纸夹随手取用，便利极了。字典和地图里的纸片是该送进字纸篓的，我又把书本分中西、高矮排列起来，整齐多了，至于报纸，留下最近两天的，剩下都跟酱油瓶子一块儿卖出去了，叫卖新闻纸酒瓶的老头儿来得也正是时候。

这样一来，书桌上立刻面目一新，玻璃垫经过一番抹擦，光可鉴人，这时连后窗都显得亮些，玻璃垫下压着的全家福也重见天日，照片上的男主人似对我微笑，感谢贤妻这一早的辛劳。

他如时而归。仍是老规矩，推车、取下黑皮包、脱鞋、进屋，奔向书桌。

我以轻松愉快的心情等待着。

有一会儿了，屋里没有声音。这对我并不稀奇，我了解做了丈夫的男人，一点残余的男性优越感尚在作祟，男人一旦结婚，立刻对妻子收敛起赞扬的口气，一切都透着应该的神气，但内心总还是……想到这儿，我的嘴角不觉微微一掀，笑了，我像原谅一个小孩子一样地原谅他了。

但是这时一张铁青的瘦脸孔，忽然来到我的面前：

“报呢？”

“报？啊，最近两天的都在书桌左上方，旧的刚卖了，今天的价钱还不错，一块四一斤，还是台斤。”

“我是说——剪报呢？”口气有点儿不对。

“剪报，喏，”我把纸夹递给他，“这比你散夹在书报里方便多了。”

“但是，我现在怎么有时间在这一大叠里找出我所要用的？”

“我可以先替你找呀！要关于哪类的？亚盟停开的消息？亚洲排球赛输给人家的消息？还是关于西德独立？或者越南的？”我正计划着有时间把剪报全部贴起来分类保存，资料室的工作我也干过。

但是他气哼哼地把书一本本地抽出来，这本翻翻，那本翻翻，一面对我沉着脸说：“我不是说过我的书桌不许动吗？我这个人做事最有条理，什么东西放在什么地方，都是有一定规矩的，现在，全乱了！”

世间有些事情很难说出它们的正或反，有人认为臭豆腐的实际味道香美无比，有人却说玉兰花闻久了有厕所味儿！正像关于书桌怎样才算整齐这件事，我和他便有臭豆腐和玉兰花的两种不同看法。

虽然如此，我并没有停止给他收拾书桌的工作，事实将是最好的证明，我认为。

但是在两天后他却给我提出新的证明来，这一天他狂笑地捧着一本书，送到我面前：“看看这一段，原来别人也跟我有同感，事实是最好的证明！哈哈哈！”他的笑声要冲破天花板。

有一篇题名为《人人愿意自己是别人》的文章里，他拿红笔勾出了其中的一段：

“……一个认真的女仆，决不甘心只做别人吩咐于她的工作。她有一份过剩的精力，她想成为一个家务上的改革者。于是她跑到主人的书桌前，给它来一次彻底的革新，她按照自己的主意把纸片收拾干净。当这位倒霉的主人回家时，发现他的亲切的杂乱已被改为荒谬的条理了……”

有人以为——这下子你完全失败了，放弃对他的书桌彻底改革的那种决心吧！但人们的这种揣测并不可靠。要知道，我们的结合绝非偶然，是经过三年的彼此认识，才决定“交换饰物”的！我终于在箱底找出了“事实的更好的证明”——在一束陈旧的信札中，我打开最后的一封，这是一个男人在结束他的单身生活的前夕，给他的“女朋友”的最后一封信，我也把其中的一段用红笔重重地勾出来：

“……从明天起，你就是这家的主宰，你有权改革这家中的一切而使它产生一番新气象。我的一向紊乱的书桌，也将由你的勤勉的双手整理得井井有条，使我读于斯、写于斯，时时都会因有你这样一位妻子而感觉到幸福与骄傲……”

我把它压在全家福的旁边。

结果呢？——性急的读者总喜欢打听结果，他们急于想知道现在书桌的情况，是“亲切的杂乱”呢还是“荒谬的条理”？关于这张书桌，我不打算再加以说明了，但我不妨说的。是，当他看到自己早年的爱情的诺言后，是用罕有的、温和的口气在我耳旁悄声地说：“算你赢，还不行吗？”

1955年5月26日

冬青树

为了舅母的六十整寿，我冒着酷暑到台北来。表哥、表妹两对夫妇都早到了，只等迟到的我。

我进门放下手提箱高声喊：“阿妗，我到啦！”从厨房的甬道里发出一叠声的“啊”，跟着拥出了表妹和表嫂，表哥和表妹夫也从舅舅的书房跑出来，舅母矮矮胖胖，又是放足，她擦着鼻尖的汗，拖着笨重的身躯，抢着跑出来。我见了舅母好高兴，赶忙迎上去，舅母握住我的手，把我上下一打量，红着眼圈叹口气：“瘦了！”

“瘦了？哪里！我临来时才在医院磅过的，比上次长了两磅呢！”舅母不满意我的答复，不住地摇头。

“姆妈就是这样，见了谁都嚷瘦呀瘦的，都像您胖得油篓似的走不动才算数吗？”表妹虽然结婚了，仍然改不了跟舅母抢白的习惯。

我们听了都觉得好笑，舅母用手指戳着表妹的头笑骂："该死！该死！"我又听见舅母熟悉的骂人声了，唯有在舅母这毫无恶意的骂声里，才觉得是回到了有所依赖的家。

这是两年来第一次难得的团聚，年青的一代，为了职业，不能守在老人的身旁，舅母口口声声说："走远了顶好，图个清静！"其实我知道她是多么盼望孩子们都围绕在她的身边。这一次大家写信商量好，要在舅母的生日全体回家来——其实各人在外面都已成家立业了，可是提到回家，总以在舅母的身边才算真正回到了家，就因为这里有一个舅母。她无论在什么时候都使你安心。她安排你的生活，让你舒服得像一个懒洋洋的人，躺在软绵绵的床上，不由得睡着了。

可是在这个团聚的家庭里，我算是什么呢？我不过是舅父的妹妹遗留下的一个孤女，在女孩时代便被远游的父亲寄留在这家里。舅母每见我瘦弱，总叹息说我是一个不幸的女孩，而我却以为遇到舅母是我今生最幸运的事。我曾失去许多亲人，却永远不会失去舅母，她像一棵冬青树，在我的生活里永远存在。如果我说我在这家里从无寄居之感，那正是因了舅母的慈爱，她从没有给过我一次机会，使我感觉在这家庭里是额外的一员。我和一个表哥一个表妹共同生活，安全而快乐，舅母却偏爱说我不幸。

舅母是旧时代中一个可爱的妇人，她之所以常常说我不幸，正因为她是一个家庭观念极浓厚的人。我的出生就是悲剧的开始，生母早死，又被父亲遗弃。后来我自己又在一次婚姻悲剧里，扮演了不幸的一方。如果拿新的家庭观念来说，我没有生活在一个完整的家庭中，所以造成心理的不健全，而致荏弱如此吧？其实我在依赖舅母生活的年纪时，何曾有一丝丝这种不健全的念头。去年遭婚变，我原处之泰然，却急坏了舅母，她见了我顿足地哭：“蕙君，你阿爹回来我怎么交代？”我是快三十岁的人了，舅母还疑心地想着，有一天，十几年没有音信的阿爹回来了，她把我仍像五岁的小女孩一样交还给阿爹呢！我在舅母的眼里简直是悲剧的化身。无怪表妹责怪舅母说：“阿姊本来是快乐的，可是妈妈偏要给培养点儿悲剧的气氛！”“嗯？”舅母旧书念得不少，可是遇见表妹嘴里的抽象新名词，就害苦了她：“什么赔点儿，养点儿的！”我们哄堂大笑，舅舅也笑得被一口烟呛得直咳嗽。舅母转移目标，冲着舅舅瞪眼：“老鬼，你也笑什么？”我说过的，舅母的骂声，常常是表现了这家庭的融洽，骂里含了无限的爱与关怀。舅母真是这一家子不倒的权威。

表哥已经做了两个儿子的爸爸，这次回来，表嫂又鼓着肚子挺身而行了。表妹也初尝怀孕的滋味。添丁使舅母开心，所见所闻都是孩子的问题。我被冷落在一旁，突然生了孤零的伤感，可是还好，这情绪在我心头一瞬即逝，我很快恢复了常态。表哥正在喊：“叩头，叩头，给老太太拜寿！”舅母笑得嘴合不拢了。

在舅母的生活方式下，是包含着新的希望与旧的道德，叩头礼并不是这家庭落伍的表现，而是子女奉给长辈所喜爱的一些行为的表现，如果我们那种七摇八晃的叩头法，能使舅母老夫妇开心的话，我们又何乐而不为呢？舅母还照老规矩，四眼儿人不必下跪，表嫂和表妹算是免了，我和表哥表妹夫带着两个表侄一字排开跪倒在红毡子上。桌上的一对红寿烛，烛光摇曳映到舅母刚扑了粉的圆脸上，在舅母光亮的脸上，我看见一个老妇人最快乐的时光。刹那间，我忽然想，舅母真是一个懂得生活，富有生活风趣，而也得到真正生活真谛的女人。

这次我们要叫一桌席孝敬舅母，可是舅母不肯，她说她愿意自己下厨，因为她知道我们每个人的口味。“可是，您是老寿星呀！我们应当孝敬您，您怎么反倒做给我们吃？”表妹笑着说。

“算了罢，吃一顿明天就全滚蛋了，什么孝敬不孝敬！”舅母又骂了，可是这次骂是亲切中带着伤感的，她虽是个顶达观的女人，但是老人的心是希望归来而怕离去的，舅母又何能例外？

我们吃得好开心，表妹夫和老丈人猜拳，五魁首、八匹马，把舅舅要灌醉了。我们也顾不得舅母在厨房烤成什么样儿，上一道菜，喊一回好。

和两表兄妹中，我一直受舅母特别的宠爱，当然是因为她对我多几分身世的怜悯。她希望我身体健康、婚姻美满，好对我那谜样的父亲有个交代，可是在这两方面，我都使她失望而伤心。我很惭愧一直给舅母精神上负荷沉重，她对于我的关怀远超过她的亲生子女，虽然我已成人，不需人扶助，她的关怀也未稍减。

舅母的生日，我画了一幅冬青树送给她，但是我知道，再多的颂词，再多的赠礼，都不如给她一个能使她放心的表白，我许久以来就要对舅母说的是：我的身体虽仍嫌瘦弱，但意志却坚强；我的婚姻虽告失败，但这并不证明我从此失去光明的前途！

教子无方

母亲骂我不会管教孩子，她说我：“该管不管！”我也觉得我的儿童教育有点儿特别。刚下过雨，孩子们向我请求：“让我们光脚去玩，好不好？”我满口答应，孩子们高兴极了，脱下鞋，卷起裤腿儿，三个一阵呼啸而去。母亲怪我放纵，她说满街雨水，不应当让孩子们光脚去蹚水，我回答母亲：“蹚水是顶好玩儿的事，我小的时候不是最爱蹚水吗？”母亲只好骂我一句：“该管不管！”……雨天无聊，孩子们最喜欢爬到壁橱里去玩，我起初是绝对不许的，如果他们趁我买菜的时候爬到里面去，回来一定会挨我一顿臭骂。有一次我们要出门，二问爸爸：“妈妈也出去吗？”爸爸说：“是的。”二把两条长辫子往后一甩，拍着小手儿笑嘻嘻地向三说：“妈妈也出去，我们好开心！”我正在房里换衣服，听了似有所悟，他们像我一样吗？

喜欢背着爸妈做些更淘气的勾当？我的爸妈那样管束我，并没有多大效力，我又何必施诸儿女？这以后，我便把尺度放宽，甚至有时帮助他们把枕头堆起来，造成一座结结实实的堡垒抵御敌人，枕头上常常留有他们的小泥脚印，母亲没办法，便只好又骂我：“该管不管！”我心想，他们的淘气还不及我的童年一半呢？成年人总是绷着脸儿管教孩子，好像我们从未有过童年，不知童年乐趣为何物何事。有一天我正伏案记童年，院里一阵骚动，加上母亲唉唉叹声，我知道孩子们又惹了祸，母亲喊：“你来管管。”我疾步趋前，喝！三个丑小鸭一字儿排开，站在那里等候我发落。只见三张小脸儿三个颜色：我的小女儿一向就是“娇女儿泪多”，两行泪珠挂在她那“灵魂的窗户”上，闪闪发光；大女儿的脸上涂着“迷死弗多”口红，红得像台湾番鸭的脸；那老大，小字虽然没写完，鼻下却添了两撇仁丹胡子。一身的泥，一地的水。不管他们惹了什么样的祸，照着做母亲的习惯，总该上前各赏一记耳光，我本想发发脾气，但是看着他们三张等候发落的小花脸儿，想着我的童年，不禁哑然失笑。孩子们善观气色，便也扑哧哧地笑起来，我们娘儿四个笑成一团。母亲又骂我：“该管不管！”我也只好自叹“教子无方”了。

春

我有一位老婆婆，每年的除夕要我为她做一件事，她拿来一叠红纸、笔砚要我写“春”，在裁成大小形状不同的红纸上，我用饱蘸了砚墨的羊毫笔，竟痛快淋漓地挥毫一番，当我每次写下那“福”字、“春”字的时候，心里不免想到，如果不是因为还有一位守着旧习惯的老婆婆的话，像我们这一代人，在目前的这种生活下，又怎么能有机会练练毛笔字呢？我的毛笔字虽有如春蚓秋蛇，但我还是很高兴写，因为它使我温习了旧的年岁。

去年我给老婆婆拜年的时候，忽然想起了我似乎还有件什么事没有做，以为是老婆婆忘了呢，便问她：“伯母你今年忘了叫我写春啊！”她拍拍我的肩笑道：“我叫我家阿文写了，以后就可以不麻烦你了，真多谢你呀！”我不由得惊奇地叫起来：“阿文会吗？”老婆婆说："阿文进了学校，会写字了，哟，你来看。"

果然，在厨房的门片上，在饭厅的墙壁上，在卧室里，各处都贴满了那写上福与春字充满稚气的红纸。老婆婆的眼睛从去年起就不太好了，所以贴得歪歪斜斜的，那却是包含了多少深切的意义啊！

阿文去年是7岁，刚进小学，今年就是8岁了，老祖母守着这个孙子生活，因为阿文的父亲病亡了，母亲改嫁到外地，可以说老婆婆对于第二代的希望已经没有了，她的精神依靠在第三代阿文的身上。我常替她难过，想着这中间空落的一段距离，怎么能衔接得上呢？但是老婆婆并不气馁，她只是那样稳稳当当地活着。祖孙俩没事闲谈的时候，我常听阿文对祖母说长大要如何如何的话，祖母也都满口答应下来，就仿佛一向寄望儿子的一切都会在孙子的身上实现。

老婆婆的人生观无形中给我很大的启示，我想她们是生活在冬天里，却毫不怀疑地等待着春天的一天天接近。

可不是，当阿文写下了第一个"春"字时，那不是已经接近了一步吗？

春天与希望常被人相提并论，但是我觉得，应该再加上儿童，儿童、春天、希望，才是一个完整的人生。我年底在整理信件的时候，翻出旧信来看，发现一封发黄的信，是往年恩师寄给我的，那年，我曾向他发了些牢骚。他立刻回信安慰我："经过少年到青年几次人生的历练，不但你不是小孩子了，而我更是垂垂欲老，完完全全的快乐是不容易得到的，夫妻之间一定要互谅互助，如果常去观察分析不免自寻苦恼，何况我们都有我们神圣的职务，保护和教养我们的下一代。如果我们能看到我们一生所希望所愿意做的事，他们能达到能完成，该是多么快乐的事情，时间是多么的无情啊！”

人生是有限的，希望却是无穷，唯有有儿童的地方，才有无限的希望，代代相延续，这是一份活的财产。我们也许生活得并不如意，也许常觉得个人的夙愿完全绝望，这世界是多么悲惨！但是看见了孩子们天真浪漫的兴致与笑容，便会相信我们的世界仍有前途，仍有美的境界存在。

今年我当然还是没有希望给老婆婆写春了，但是那春的意义并没有失去。新年事里，只觉得春意盎然。

大厦群中的小砖房

十七年前，奶奶从住了二十多年的南区住家搬到东区来。那时东区刚在开发，忠孝东路三四段一带不断向东伸展，马路是坑坑洼洼的石子，路旁还没有人行道，但是巷子里、马路边已经陆续在建高楼大厦了，所以那时的情况是，一方面是大楼耸立，一方面又是片片田地这样参差不一的景观。

我们搬到一栋七层楼的建筑里，楼房很坚固，景观也不错，面前对着空荡荡还没起建的空地，右边还是一洼洼水田，左边从远处向上看，蓝天白云间是三张犁的山，向近前看，就已经层层叠叠盖了不少楼房了。

奶奶每天都会到前廊上透透气，又买了一些花花草草，浇花剪枝叶的，美化我们的新居，同时也张望张望，看近处远处，有了什么新设施。就在我才说左方一群高厦中，有一排三间小红砖农家屋子夹在底下，屋的前面是一块菜畦。搬去一年了还没有拆建的讯息，这使我很觉得奇怪，那块菜畦中永远种植着各种即时的蔬菜，老公公老阿婆每天浇水摘菜，我都好奇地看着。有一天，我终于下楼走到农舍去，问："青菜要卖吗？"他们说可以，我就买了些新鲜可口的青菜，再过了些时候我就问："土地这么值钱，难道没有人向你买？"他们回答说："我不卖！"口气不对，我也就不敢多问了。

对了，从走廊向右方下面看，不是说也有一洼田地吗？已经长了草，有一位老公公就天天牵了一只小羊儿来吃草饮水，老公公在一旁蹲着守，过些时候，太阳落山了，就把吃饱了的小羊儿牵走了。我那时不免口中念叨着那首记不全的歌儿：

红红的太阳下山了，

咿呀嘿！呀嘿！

小小羊儿要回家，

呀嘿！呀嘿！

小小羊儿跟着妈，

有白、有黑，也有花……

现在此情此景都没有了，小红砖农舍早就变成高楼大厦了，右边的田地当然也变成大百货公司了！倒是奶奶在傻瓜相机中拍了一张奇景照片，留作纪念。

骑车要戴安全帽

奶奶到了澳洲的墨尔本，在她的女儿女婿家住了些日子，一进大门就看见屋角放着两顶安全帽头盔。

“你们骑机动车呀？”奶奶问。

“不骑。”两个外孙齐声回答。

“那为什么有安全帽？”

“骑脚踏车呀！”

“哦！原来这里骑脚踏车也要戴安全帽。”奶奶明白了。

他们家在地区广大的住宅区，左转右弯的街道很整洁，街道旁都是树，空气清新，天空广阔，行人、车辆都不多，我有时搬个椅子到街门口看热闹，谁知没热闹可看。

在清早，或者黄昏时光，倒见有人家的孩子们，个个推着红红绿绿好看的脚踏车出来，也个个头上戴着各色的安全帽头盔，高高兴兴地骑上车，呼啸而去。奶奶心想，可不是，确实人人都戴安全帽呢！

奶奶又想，在这宽阔、明朗，行人车辆往来稀少的大道上，干吗非得戴上它呢？而且这么热的天？原来这时12月是澳洲的暑假，就连那两三岁的小娃娃骑车都戴着。

外孙告诉奶奶说，在澳洲是规定如此的，所以人人都养成习惯，自然而然地，骑车就会戴上。

看上一页的图，是父亲带着刚学车的儿子，各戴彩色的安全帽，小娃娃多么可爱！这样可以减少因跌倒而使头部受伤的机率，虽然街上行人稀少，但是自己仍然会跌倒受伤呀！安全帽是塑胶制的，塑胶很轻，戴在头上不会觉得压头，而且质料坚固不易破碎。

奶奶看得高兴，觉得这良好的习惯，为什么我们这儿就养不成呢？所以她就拿起傻瓜相机拍了几张。写稿时见书架上正好有一套机车旅游手册，心想这是专为骑机车旅游准备的手册，看它怎么个说法。打卄一看，开始倒是说“机车平时是代步的工具，假日则是很好的旅游伴侣”。接着全篇说了许多怎么利用机车、怎么保养、怎么修护，就没一句话提到骑车该戴安全帽（我们的交通规则也是规定要戴的），反而是书中偶尔出现的照片，都是违法的两人骑一辆机车，全无戴安全帽的（戴的骑车人不及十分之一，双人骑一辆的倒是十分之九）。所以我们的机车车祸这样多，交通是不是应当改善呢？

奶奶丢了

奶奶丢了！丢在这地球上的南半球，南半球的澳洲，澳洲的维多利亚省，维多利亚省的墨尔本市，墨尔本市郊的一个小镇上。

澳洲我来过两次，在墨尔本这小镇的女儿家，也是第二次来住了。所以到达的第三天早上六点钟，便依我多年来的习惯，出家门绕弯儿做“快走”运动。奶奶所以身腿健朗，就全靠二三十年来的这项运动了。

话说全家还在高卧，我全身无牵挂，衣袋里只装了一条手帕便轻松地起步了。我照着前年的方向，出门向右，天空蒙蒙亮，空气清新，这环境没有变，隔壁是希腊人家，有一艘船，假日便驾驶自备船出海。再向前走，啊！白色楼房，是一家中国人的大户人家。再向前走，可以右转了，就这么走下去吧！对的，这条是小坡，上去有一些人家，再走再绕，怎么不见回家的路了呢？也许我转弯转早了，再回到原来转角处向前走。对，这些街道巷名我曾相识，可是怎么转来转去还是不对呢？但是地名我也都知道，再回头再绕，可是就越绕越糊涂了，连回头路都不对了。

怎么办呢？街上一个行人都没有，难道他们的孩子们不像台湾的孩子，七早八早就背书包上学去？可是我们住家的街名、门牌是什么来着？只记得电话号码，没有公用电话亭，也没有澳币，打不了电话。碰见人也没有用呀！我又走呀走的，总希望看见希腊邻居的船就到家啦！这时已经半小时过去了，我的心未免有些焦急。正在着急时，却看见路旁一人家门口，有一男人正跨在机车上，头戴安全帽。澳洲人真守法，这大清早，街上无一行人行车，又无交通警察，他却规规矩矩地戴上安全帽。我连忙上前一步说：“先生，请帮一个忙，我走丢了！”那人望着我问：“你家住哪儿？”“我不记得街名了，但是我有电话号码，请为我打一个电话吧！”这时他的太太出来了，两个小孩儿也出来了，她们都蓬头睡衣，是刚从被窝里爬出来的。先生告诉太太情况，要我跟进去打电话，就算把我交给太太了。

我随她进屋，原来里面还有两个娃儿在瞪眼望着我这陌生客人，太太把电话拨过去，对方说了两句挂掉了！她挂掉电话向我耸肩表示无奈。我说，号码应当不会错，请你拨过去我来说，这次我手握电话，对方一接我就说中国话：“你是谁？安安吗？”这下对了，女主人告诉我的大外孙（《哥儿俩在澳洲》的作者）她家住址，安安马上来接。我向蓬头女主人道了谢，上了车一拐两拐就到家了，我的丈夫、女儿、女婿、二外孙都在门口列队相迎，还有一只可爱的喜鹊，也不怕人地立在草坪上迎接我——澳洲的飞禽走兽，大都和人类很亲近的。

我问安安，第一次电话你接到没有？他说接到了，但他以为是什么不良分子大清早打来的，所以挂断了。

唉！幸亏第二次接通我自己说话。

我把我的经过告诉了大家，他们也很奇怪我怎么就绕不出这圈子。原来我们住的街名里有一“弯月”字样，他们告诉我，这一带街巷弯处多，我不知道失落在哪一个“月儿弯弯”里了。安安就拿出一张影印的本区简易图，用绿笔边勾画边讲，告诉我几条捷径和记忆的方法，比如出门先过街，见弯就左转，绕一圈就回来了，可不是，用二十分钟月儿弯弯照九州地走了一圈，正是我估计好的时间，看见希腊船，看见了喜鹊，奶奶回家了！

水上人家

长江下游的苏州城，是我国有名的水乡之城。奶奶没去过苏州，但早已闻名，图片和电影也看过不少。去年到北京去，竟看见颐和园的后面有一座名为“苏州街”的人工水城，是清朝乾隆年间建造的，它位于万寿山脚下的湖边，是一条以水为街，沿岸作市的苏州买卖街。后来被八国联军烧毁了，一百多年以后，也就是前两年才复建完成。所以奶奶从来没去过。人造的苏州街是人工建造为观光的，所以很有样儿。这条水街两岸有各种店铺，都是照清朝江南的市街做的，有庙宇、药铺、奶茶铺、酒馆、点心铺、古玩铺、钱庄、鞋帽店等等，店铺中的女店员都穿着百年前的服装。游船在水中航行，古色古香，很令人欣赏。

世界上也还有几处水城、水上人家，我去过两处，一是泰国的湄南河，一是意大利的威尼斯。

泰国的湄南河，发源自泰国北部山地，从此向南流，经过曼谷等大城之后注入暹罗湾，全长有1207公里，流域的面积有16万多平方公里，支流甚多，也多是泰国人密集的地方，而且两岸的农工商业发达，岸上一路水上人家，只是房屋破破烂烂的，生活很是简陋，因为是游客必游之地，所以家家都做观光生意，吃的、用的土产品摆在木船上做生意。上岸就是住家，船上就是商店了。湄南河是泰国的主要河流，它不但对于渔业、农产、灌溉都很重要，同时也是一条运输的河，泰国出口的产品，米、木材等，都是由这里运输出去的。我们乘船一路游去，两岸除了破烂人家以外，倒是密林葱绿，看了很是舒服。

另一处就是意大利的威尼斯了。威尼斯是意大利北部的港口，也是世界上有名的水上城市，到意大利游历的旅客，总要到威尼斯一游吧。这水上城市，两岸的建筑就漂亮多了，而且岸上也有马路。水上有各种船只，交通非常方便。更重要的是威尼斯玻璃制品，我们那次去的目的就是去参观玻璃制品。这种水晶玻璃做成的商品，无论酒杯、花瓶、灯罩、全套餐具或装饰品等都高贵极了，镀了金的，上了釉的，五彩碎花的图案，真是看得你眼花缭乱，看它的定价，买不起，就干脆不买了。

我在船上沿河拍些照片，航到了一处，河岸上是老旧的三层楼房，导游介绍说这是马可•波罗的故居。我一听，连忙用傻瓜对准，连拍两张。中国人对马可•波罗是不陌生的。他是12世纪的意大利旅行家。他就是威尼斯人，一个商人之家的孩子，他在十几岁时，就跟着他的父亲、叔叔到处旅行，有一年他们旅行到中亚细亚，经伊朗到了元朝时的中国。元世祖忽必烈很欣赏他，就留他在中国工作了十七年。等他再回到威尼斯，已经是个中年人了。他后来写了一本《马可•波罗游记》，在欧洲很是流传，因为他那本游记，促进西方人更为向往东方。

我们现在常吃的意大利“比萨”饼，有人就说是马可•波罗由我们中国的馅饼演变过去的，连意大利肉酱面条，也说是我们的炸酱面呢！

盘成一个“寿”字

在旅游的记录里，奶奶最常去的地方恐怕就是香港了。

并不是奶奶爱去香港，而是一方面在香港开会的机会很多，比如固定每隔一年世界中文报协就轮在香港开会，另外还有许多别的会也常常轮在香港举行，再有也常常在香港转机什么的，因此有时一年就有多次到香港的机会。

那么奶奶喜欢不喜欢香港呢？

我很难说是喜欢香港，可以说我因香港的便利而渐渐喜欢了。最初到香港去，除了开会，就是购物，那里被称作是购物的天堂呀！因为全世界的货物都可以在香港买到，又便宜。所以以前每到香港，不但自己买所需物，还要给亲友代买，但是近年来台湾自己的货品不管什么都有的是，不用借香港之光了。可是对于奶奶来讲，我每次去香港仍是必少不了要办的——那就是逛书店买书。那里真是一个自由市场，什么“禁书”都有，尤其是若干年前，大陆尚未开放，想要找这类台湾看不到的书，就在香港书店、书摊都能逛出来呢！

好了，关于香港，奶奶有很多资料和照片，以后有机会再写，今天我专门要讲的是一棵小盆栽——我从头说。

我和夏爷爷去了那么多次香港，离香港很近的澳门就是没去过，所以有一年——1987年的11月，我和夏爷爷便商量决定做一次港澳之游，那年并没有任何会议，是专门旅游的。11月是香港吃大闸蟹的季节，夏爷爷许多海鲜都不吃，唯独吃螃蟹。

我们到了香港先去办到澳门的手续，次日早起九点多先到移民局，那里已经满满是办去澳门手续的人，整个移民局总有数百人吧！大多是台湾要到大陆去的，后来才知道许多人是由香港到澳门去大陆，就不用在台湾经红十字会，要知道那时是1987年啊，走澳门的管道，较少人知道。我们则是纯粹到澳门游玩的。到中午才把手续办好。

我们参加的小型旅行团，共约二十人，第二天一早八时多车子来接，到码头去乘一种喷射船，名叫Jetfoil，是到澳门去的最好的船。这船据说每开一趟是赔钱的，但赔本赚游客在澳门购物、赌博的钱，结果是收回更多。

我们是在雨中游览，因为自昨晚已开始下雨了。

到澳门最大而豪华的葡京酒店集合，酒店宽大的楼廊内，摆设了许多古董，还有牛角、湘绣等物，真是美极了。现在澳门成了从大陆运出口的大运输站，所以近年大大地繁荣起来了。

我们又到市区内游览，到了一个观音庙参观，内供三佛，我在后院角落看见了一些盆景盆栽，一盆榕树盆栽真是奇妙极了，原来把树根不知经过了多久——总要几年吧——盘结成一个寿字，上面是茂密的榕树叶，这可真是功夫呀！我很喜欢，便给拍了照，想要向庙中人打听它是怎样盘结成的，却找不到人，便匆忙地跟着大队继续在雨中游逛。在各小古董店、首饰店买了几样东西，便回到集合处，等船返香港。

本来应当是五时开船，延到六时半才开，据说是有一船来澳门中途被风击抛锚了，所以耽搁了一趟。我们上得船来，风雨交加，烟雾蒙蒙。我很害怕，好不容易到八点才抵港，总算平安。

这是一次奇特的旅行，那个“寿”字的盆景保佑了我们吧！所以我要把“寿”送给我的读者。

奶奶的早课

常常有人问奶奶："奶奶，你每天的作息时间是怎么分配的？看您这么忙，家里家外都在管，又要写稿，又要拍照，又要看书、编书、出版等，还有，您都这么大岁数了！"我笑笑说："是吗？是够忙的，但是奶奶总还算是个会安排时间和工作的人，而且，我能把事情样样安排好，也要感谢一些人呢！"又有人问我："那么您几点起？几点睡？一天工作多少小时？"我说："我今天就先谈谈我的早课好了。"

我每天早上四五点钟就醒了，那时天才蒙蒙亮。（如果是冬天，还没亮呢！）我因为每晚八九点就困得睁不开眼了，睡得早起得早嘛！起来后，先到正面窗前拉开窗帘，推开窗往下望去，我们的苏州式小庭园的鱼池展现眼下，那几十条锦鲤正扭着腰肢在水里悠哉游哉哪！我们住在正面二楼，是非常好的观景所在，水池四周是大湖石，花圃里又种植着绿竹、小树和花草，两旁是曲廊座亭。我们才搬来一年多，这房子是一位专于庭园设计的工程师所设计的，我们很喜欢，就从那已经变为色情、赌博、拥挤的老房子搬到这儿来了，虽然房子比以前小了一半。

鲤鱼，是一种体扁而肥的鱼类，鱼鳞大，鱼口的前端有触须二对，背部苍黑，腹部淡黄，产在淡水中，食水草，小鱼和蛤类，它的肉味鲜美。但是我们现在养在鱼池中的却是叫锦鲤，每条有一二尺长，浑身各种颜色，鲜艳而亮丽，有时从水中跳跃出水面，便是所谓鲤鱼跳龙门。它们是活泼的一群！我每天要在窗前向下观望好一阵子，有时也会想到鲤鱼也是书信的代称，就是因为古人有诗《饮马长城窟行》中那两句：“客从远方来，遗我双鲤鱼。呼儿烹鲤鱼，中有尺素书。”

我看了比我早起的鱼儿以后，就去随便擦把脸，换了轻便的运动衣鞋，开门下楼，弯弯曲曲走过曲廊，出门到国父纪念馆去。这时已经六点多了，国父纪念馆内聚集了各类运动者，韵律操、太极拳、外丹功、土风舞、交际舞，都已上场了。我则眼望着眼前升旗台四周的各色花圃，花色有鸡冠花、三色堇等，远方是一座座大楼，映照之下，令人心怡。我以快走之步（我不慢跑），绕花圃走两圈，又到湖边走一圈，找个椰树下做做立定运动，差不多一小时了，再回家来，可以赶上“可怕的”晨间新闻，如果是以立法院肢体动作为新闻，我就关上电视到我的小小厨房去。无论是泡牛奶、蒸包子、煮稀饭都方便极了，我说我要感谢一些人，就是发明各种家电用具的人，无论瓦斯炉、鸣叫壶、微波炉、电磁炉、电锅、烤面包机、洗碗机，都是举手按钮之劳，就做到了，我同时把午餐要吃的，也略做准备，中午返家也极方便。更方便的是我把要洗的衣袜扔到洗衣机里，三十分钟洗好后，再扔到烘干机里，也用不着一件件地去晒或晾。这一切都弄好了，才是我要到办公室去的时间。有时更有时间，也许也赶写个千把字交稿呢！——就比如我现在写本文。

奶奶的早课，便是如此的轻松而怡然自得写出来的。

围裙大展

日前看报，台北正在举行“中华美食展”，会场共有将近百个各式各样美食摊位，有二十八家饭店的餐厅共襄盛举。大厨师们绞尽脑汁设计各种色、香、味俱全的餐食，把个菜盘装饰得像雕塑的艺术品一样，你看了简直不相信那是菜、肉、豆腐切成烧成的，真可谓叹为观止矣！它们被切雕成“八仙过海”“古帆船”等，应有尽有。

开幕的那天，观众排长龙进场，个个睁大了眼睛，惊奇地欣赏。最惹人注目的是奶奶的好朋友烹饪专家傅培梅。她站在灶台上表演三十多年了，出现在众人面前，还是那么美丽大方，爽朗和蔼，每年和那些大人物一起做剪彩的开幕礼以及评审。在会场的表演中，我最欣赏的是拉面，那位拉面师傅张鸿俞，能从一团五斤面，一次次拉成不断的细条，这次是打破他自己的纪录——8192条——今年是16384

条，加了一倍，这还了得！听说要登记到金氏纪录上去呢！

再说傅培梅，她不是我的老师，可是我的两个女儿——夏祖美、夏祖葳却是她的嫡传弟子。有一天作家隐地写了一篇题名《在林先生家作客》的散文，就是说我好请客，因为家中有会烧菜的女儿，就是指的她们姐儿俩，隐地文章又说，可惜的是我家近年少在家请客了，就是因为她们都到美国住家去了，要是去美国倒可以到她们家去做座上客吧！

傅培梅是一位无师自通的烹饪专家，三十多年来，她一边每周一次电视表演，一边还不断研进。她通日文，后来国外也都久仰她大名，到日本电视做了五年节目，颇受欢迎，又在新加坡、英国、美国等国不定时地做节目，给“华航”上的餐点设计中国菜目，后来，“傅培梅”这三个字简直就是“中国菜”的代号了。

本来去年她和她先生要移民美国随子女生活，想要自台视退休了，谁知台视和观众都不肯放她。其实数十年来，我们这里也有不少后继不错的烹饪专家，但是观众几十年来可能看惯了傅培梅的节目，听惯了她的教授，她只好留下来，现在仍然每星期二教授半个小时。看她细白的手，快刀切菜切肉，一边用清脆的国语讲解，然后双手及时地端出那盘菜来，可真过瘾哪！“到何时为止呢？”我曾问过她，她双手一摊，眉头一展，无奈地说：“不知道！反正一年一订合同嘛！”

培梅在她专业之余，也喜欢和我们打个小牌，到了吃饭时她就下厨很快地端出四菜一汤，顺便教我们最方便的做法，那种日子真愉快。她也有收藏的爱好，其爱好和烹饪都有关，其一便是收藏围裙，都是她到各地表演时搜购及人家奉送的。有一年她的新烹饪补习班成立，她便在楼下举行了一次围裙大展，她从三百多条围裙中选出两百条来展览。记得她把它们分成什么“迷地”型、“迷你”型、“花边”型、“格子”型、“古典”型等，又租来时装店的人型，给穿戴上了，摆在会场里真是让人看花了眼啦！

除了围裙，她又搜集餐盘两百多个，但她的餐盘可不是康熙、乾隆的古董，而是极普通的。她说那都是她为教菜买来的，一式四个，她就留下一个，有的是她到国外、香港买来的，买到盘底有大陆景泰蓝等字样的，怕回台湾时入关麻烦，就设法把那敏感的字样擦刮掉，也煞费功夫哪！

因为台北的美食展，想到吾友傅培梅，就顺便写她几行凑热闹。

上海走一趟

华人与狗不得入内

1993年10月间奶奶去了一趟上海，上海我本已去过三次（三年间）了，但每次去都有不同的观和感。

上海是中国的第一大城，也是世界名城，和巴黎、纽约、伦敦一样的。她的地理环境非常优越，被称为长江口的明珠，是对外对内贸易的枢纽，自来她就兼具河港与海港的功能，所以上海曾经是繁华的。

自从开放以后，上海近年又渐渐恢复她的经济、金融的旧日繁荣，我每次去都看见高楼大厦建筑增多。记得第一次去看，旧楼都是灰暗的，好像无处伸展也拓宽不了似的；但今年去，到了上灯时也霓虹灯照得通明，马路上是行人拥挤，当然住家仍是地狭人稠，夏天的晚上不跑到街上，上哪儿去嘛？现在大上海的人口已经高达1200万，市区内也有800万，是全台湾的一半了。

以前几次去，看过了市内名胜玉佛寺、豫园、城隍庙等处，这次我要求到外滩一游，那里有个黄浦公园，是个有名的公园。所谓外滩是黄浦江边的滩地，而黄浦江是通往富庶的江南的河道，早在鸦片战争之前，就被各国（尤其是英国）看上这块当时还是荒芜芦苇丛生的地方，所以鸦片战争后，西洋各国群来，就因此划定了所谓上海租界。

现在的外滩整理得有一副新面貌，黄浦江是靠渡轮和江底隧道穿越，所以外来的观光客等都要来此观光一游。在江边望着黄浦江水滔滔，也不禁想到她的历史和我们的第一大城，近百年是曾经有过怎样的国家恩怨和受侮辱与损害的啊！

我要求老同学白杨带我到现在称为“黄浦公园”——原来称为“外滩公园”——那儿去逛逛，凭吊一下。原来叫外滩公园的时代，在门口曾长久挂着一块牌子，上面写着“华人与狗不得入内”，这公园曾经为英籍犹太商人哈同所有。（外滩公园和市区内还有个哈同花园，不是同一地方。）哈同原来是在上海做警察的，娶了一个华妇为妻，发迹以后，财产多多。我们中国向他抗争多年，才在1928年开放让中国人入园，但是这在中国人自己的地方使中国人丧权辱国的历史却出了名了，小时候我虽远在北平，却也都知道。这番特前来借观光之名实是来凭吊，并且拍了照留念。 园内游人如织，他们会想到“华人与狗不得入内”的真实故事吗？

南浦大桥是上海人的最爱

奶奶第二个要去的地方，就是“南浦大桥”，它是第一座跨越黄浦江的大桥，坐落在上海市南市区的南码头。

开工于1988年底的南浦大桥，到了三年整的1991年底正式通车，这座桥的主桥全长846公尺，是采用钢梁和钢筋混凝土预制板相结合的叠合梁结构。主孔的跨径有423公尺，一跨过江。主桥的桥塔为折线H形，猛望去，我看着很像美国旧金山的金门大桥，每座桥塔的两侧各以二十二对钢索连接主梁，索面呈扇形分布：主桥的桥面总宽30.35公尺，有六条机动车道，两侧还各设2公尺宽的观光人行道。全桥主桥和引桥盘旋而上，景观很美，上海市民盼了多年，如今虽然已经建成快两年了，但是每天观光的人潮依旧不断，她实在是上海人的“最爱”，所以一个地方的建设是很要紧的。像这南浦大桥是多功能的，虽然以前可以轮渡和江底隧道通行，但是如何能比得上这座大桥，我们就看旧金山的金门大桥，除了通行的功能以外，不也是美丽的一大景观吗？

上海的浦东地方，这几年发达极了，这座桥能增加隔江两地一跨而过的便利。说起浦东，我们也曾开车过桥，桥上大幅招牌写着——“振兴上海，开发浦东”，这是他们的口号。

到了浦东地带，嗬！街道两旁全是栉比密排的商号，我曾问司机，浦东以何种工厂或贸易为重？司机毫不考虑地说“加工业”，所以虽然此地略有工厂，但是并没有烟囱冒烟污染空气。

我们经过长长的南京路等大马路，看两旁人行道挤满了似乎是无所事事的行人，他们一路向外滩的桥边走去，难道跟我们这些外来客一样，都是等着看桥、过桥吗？到了桥下，购票上四层电梯就到了桥面，我侧倚观光道的栏杆，向桥面及桥塔望去，拍了一些照，然后下来，再开车上宽宽的桥面驶向过江的浦东，想到上海因为日日建设、扩展，金融种种的进步，能回到世界大城的旧观，未尝不是一件令人喜悦的事！

星光灿烂的国际电影节

奶奶这次到上海走一趟，说实在的，不是去旅游，而是受邀去的。邀请者是上海首届国际电影节的举办人之一——上海电影局局长吴贻弓先生，他原是改编我的小说《城南旧事》的导演。这出以我幼年在北京的生活为背景的电影，应当是由北京来拍，但是听说北京方面认为这小说的故事太平淡，所以无兴趣拍，而久在上海的吴贻弓却认为，这是一篇淡淡哀愁的散文诗，他有兴趣，便用心编排，拍成后参加菲律宾第二届国际影展，得了金鹰大奖——最佳电影奖。这是大陆电影第一次出国就得国际大奖，所以举国若狂，连带着我这原作者也跟着出了名，电影十年来不断在大陆或东西洋各国上映，我也和这位学者型的导演吴贻弓成了熟识的朋友。所以他邀我一定参与这次的国际电影节。

上海本是中国电影的发祥地，百年前（1896年）上海第一次放映西洋影戏，1913年上海首次拍摄自己的电影，以后明星公司、联华公司陆续成立，陆续拍了许多有名的电影，如《歌女红牡丹》《渔光曲》《姊妹花》《大路》《人道》《神女》《十字街头》《马路天使》《假凤虚凰》《小城之春》《一江春水向东流》《万家灯火》等，中年以上的人，该和我一样地记得。我少年时开始迷看电影，这些电影都看过。而造就了许多有名且受人喜爱的明星，如胡蝶、阮玲玉（后来因为“人言可畏”而自杀身亡）、王人美、黎莉莉、袁美云、陈燕燕、白杨、张瑞芳、黄宗英、刘琼、郑君里、赵丹等。这次由上海主办首届上海国际电影节，是理所当然的，出席的来宾有千人之多，所建立的电影城很有气魄，上海将恢复以前的电影繁华地，是毋庸说的了。

这次的电影节共持续一周之久，参加的有三十多国，我觉得很荣幸的是，他们在这一天放映得奖影片，选了《城南旧事》为首映，而且是在电影城大放映场，其他都是在上海各电影院放映，大会要我在放映前上台讲几句话，我当然义不容辞了。

在会场我认识了主持人孙道临先生，他从燕京大学外文系毕业后，即从事电影业，已经有半个多世纪了，这次他是主持人，中英文一把抓。他们给我介绍的时候，他笑说：“夏承楹、夏承楣兄弟我都熟，我去美国也认识了你的儿子。”本来何凡兄弟和他的年纪差不多，是同时代的人。

白杨、张瑞芳是我已熟识的北平老友，而我也见到了当年的英俊小生刘琼，他年已八十，身体很硬朗，他说去年10月底他曾和一个篮球队在台湾赛球呢！我也见到了黄宗英、田华几位现仍在大陆工作的影星。

学者导演吴贻弓的新作

上海的邮票公司特为首届国际电影节制作四张纪念邮票，画面是四部近十年的名片，其中有一片就是以《城南旧事》为画面，我看了非常高兴，受到重视总是好的。

上海近年积极开发浦东，我在前一篇文中已提到了，他们连国际电影节都弘扬此点，在每份文宣中都有类似这样的字样："……首届上海国际电影节的举行顺应了'开发浦东、开放上海''让世界了解中国，让中国走向世界'的需要，实现了中国几代电影工作者梦寐以求的夙愿，也标志着中国电影迈进了一个新的历史进程。……"而有趣的是，这首届的金爵奖影片大奖竟落到我们台湾王童导演的《无言的山丘》头上，评审团是由七个国家的评审委员组成的，可没有什么统战意义在内呵！可见两岸文化交流是这样的近乎了。

一直被我认为具学者气度的吴贻弓先生在《城南旧事》之后，又新导了一部以孔府五代同堂的哲理思想片《阙里人家》，也得了大陆的大奖，这影片本来是要在电影节的最后一天放映的，但我那时已提前复归，他知道我想看，便特在某晚于小放映室里放给少数几人看。这电影是描述五代孔姓人家的家庭伦理和社会思想剧，因五代人思想之不同而产生了代代不同遭遇和各代的想法。吴贻弓拍摄此片，是他有一次到孔庙游览一遭，就给了他种种想法，不断蕴蓄的思索下，便引发了他拍摄此片，终于又一次成功。这电影没有一般的爱情、欲望画面，男演员多过女的，没有时装，没有胭脂口红，但它仍引发观众的思索，这才是此剧成功之处也。

记得大前年我来上海初次和贻弓见面，他那时已做了上海电影局长，但言语间仍是热爱电影工作，果然是十年才拍一成功电影，但也一偿夙愿了。我临来上海前，他请副导演成家骥先生给我写信说，要我在台北给他找几本有关我国高僧弘一大师的书，他说某某几本在上海买不到，因为他下一部片子已决定拍弘一大师传。我临行虽在三民书局找了两本，但我忽然想起吾友丰一吟（丰子恺的女儿）手中必有一些资料，因为丰子恺是弘一大师的学生，而且是学佛的大弟子，一吟说她手中的资料敢说是台、沪两地都找不到的，她乐于贡献给贻弓。于是便在我临行时的宴会上，他俩面谈甚洽，而且他们一致认为这部片子不是要拍弘一大师凡俗时代的什么浪漫生活，他们的意见不谋而合。听说贻弓的父亲也是弘一大师的学生。我们饭后合拍一照以留纪念，希望他能再一次成功地拍摄此剧吧！

第二章

浮生如水
又如云

半个世纪以后

今天这两幅图，你们能看出图中人物的关联吗？

第一幅图是一位少妇带着三个小孩子，第二幅图是三位中年人陪着一位年长的妇人，你是一定会猜说三个孩子是少妇的子女，那就错了，待我慢慢道来：

奶奶是1939年，也就是五十五年前和夏爷爷结婚的。（这时说的“五十五年前”是指从作者写这篇文章时算起。）那时我们都在工作，但是还没有小孩，所以下了班以后没什么事，就是看电影、吃小馆，冬日滑冰、春日郊游。

我们是一个有几十口人的大家庭，公婆、大伯、小叔、妯娌、子侄都同居在一个几层院子的大门里，很是热闹。我没事就到大哥、大嫂房里去玩，因为大嫂已经有了三个孩子，我很喜欢孩子，孩子们也喜欢我这个年轻的新娘子——六婶。三个孩子分别是大毛、二毛、三毛，大毛是女孩子，我结婚时她是纱童，两只眼睛大大的、黑黑的，像桂圆一样。那时因为常外出旅游，便买了一架德国名牌“蔡司”的照相机。这天我到后院去，便在院子的窗下，拍下了这张六婶坐在藤椅上，抱着三毛、搂着二毛、挨着大毛的照片。

1948年，我们夫妇俩带着我们自己的三个孩子到台湾来，一别四十二年，虽然数年前已经联络到了，但一直到去年才安排了去北京探亲。

老房子虽然很破旧，但亲人都平安，只是公婆兄嫂已故，当年的新娘子我，倒成了今天这一代的老长辈。

到了后院，我拿出傻瓜，叫他们的六叔来给拍一张。人，还是那几个人；窗，还是那扇窗，只是姿势略有变动了。

我坐在——仍是藤椅上，说：“三毛，还能坐在六婶腿上吗？”唉！这位大汉子只能蹲在我的身旁。另外大毛也做了祖母——我是曾祖母了！二毛也快做爷爷了。他们三个人都是学理工的工程师。

这两张照片，我加洗许多份分给子侄辈，大家都认为这半个世纪后的相聚，加上这两张照片，可真是难得！

他们都长大了

奶奶在整理照相簿的时候，旁边有友人参观。忽然有人拿起一张照片问：“这是谁？”“我儿子呀！”我说。又指一张照片说：“这是谁？”“我孙子呀！”我说。“都是你拍的？”“对呀！”

算算，那张儿子两岁时的照片，有半个世纪了，是在北平家院子里拍的。那张孙子的，鼓鼓的小脸儿，和他爸爸当年一样大，一样可爱。因此给我一个特别而有趣的课题，何不找出我给儿女小时拍的，再配上我给他们的儿子拍的，这样的父子俩、母子俩的照片，给读者欣赏欣赏，看看他们小时的面貌、神情是不是有相似之处？可是请编辑先生不要排配错误啊！我费了两天的功夫才找出来，现在分四组略加说明：

①大儿子夏烈（夏祖焯）现在是个一嘴骚胡子的大男人，但两三岁时是个聪明伶俐的小男孩，住在大家庭里，很得祖父母、伯父母、叔婶的喜爱。大家庭不寂寞，堂兄弟姊妹特多，无论何时院子里都充满了嬉笑玩耍声。我那时用的不是傻瓜相机，可是世界名镜头蔡司相机，比现在阔气多了！下边那张是我拍的他的儿子夏泽龙的照片，父子俩挺像，浓长的眉毛，厚大的耳朵，现在泽龙也读高中了，小伙子越发地帅气了。

②上面是大女儿夏祖美，只生一子名唤庄诚，这娘儿俩都是在他们四岁时我给拍的。祖美自小就很乖，庄诚也是。现在祖美四十几岁了，庄诚也大学快毕业了，他的父亲很得意此子，认为是个帅哥！祖美喜烹饪，是傅培梅的嫡传弟子，家里好摆桌请客，因为住在美国的门口旧金山，所以西东岸进出国客人特多，她做菜给人吃倒也不嫌麻烦。

③唯一能编写拿笔杆儿的女儿夏祖丽三岁之照，下边小圆脸儿的儿子张佳安，现在也在墨尔本大学三年级了。佳安和弟弟佳康是读到高、初中才出国的，所以中文还算标准，阅读、写作不丢弃中文，还能写书（《哥儿俩在澳洲》当然母亲大笔润饰过）。请看小时候母子俩的小圆脸蛋儿和黑眼珠多么像。这两张当然都是出于奶奶之手。

④这母子的个人照，连我看了都觉得奇怪，怎么脸蛋儿、龇牙咧嘴的神情一模一样哪？好像我是一天给两人拍的！其实相差三十年

哪！现在钟典哲（下）这小子已经上小学四年级了，而他的母亲夏祖葳也将近四十岁了。

这四组照片，主要是趣味，而摆弄它们的时候，想到儿孙们都安分守己，让我这老奶奶也就心满意足了。

女大十八变

“女大十八变”这句话一点儿不错。且看我家两个孙辈的“变”。奶奶一共有六个内外孙辈男女。今天暂以一头——我的长孙女夏泽妤及一尾——我的小外孙子——钟典哲来举例以说明之。

在我的六个内外孙辈里，只有一个女孩，那就是长孙女夏泽妤，她小时候虽然长得还不错，但是个磨着爸妈的小娇娇女。记得当她三岁时来台北，我带她到故宫去，我要去买门票，便把她安置在高阶下，叫她守着背包，并且告诉她说：“奶奶去买门票，看着包包不要动呵！”她果然低着头（害怕）守着包包，一动也不动地等着我。曾几何时，她日渐长大，能说会道了，有两年暑假，她爸妈把她送回来学中文，她很聪明，无论说话、读书、注音，都棒极了，不会写的字就注音，四声非常准确。

想想看，世界上有四分之一人口说中国话，会说国语到处有用，走得通，生长在国外的华侨为什么不用心学学呢！泽妤在校功课也好，她如今已经在柏克莱加州大学毕业了，我问她还要继续学什么？她说先做两年事再打主意，很有主张吧！去年我们老两口儿到澳洲墨尔本二女儿夏祖丽家度假，泽妤也带了弟弟泽龙漂洋过海从旧金山飞到墨尔本和我们齐聚同游，我们过了一个快乐的圣诞节和泽妤及爷爷的生日。本拟前后脚各返美、台，但是泽妤有主意，她说要带弟弟一路乘游览车到雪梨游蓝山后返美。我心中害怕他们姐弟到陌生地方去旅行怎可以，泽妤每逢我担心时便会说："奶奶不要紧张！"这句话也成了她对我的口头语。结果她不动声色已经定了到雪梨的公车，也换了由雪梨返美国的机票，早上乘不到六时的公车到晚上九时才到雪梨，我要她到旅馆就打电话来，到十时来了电话，她说一路上山高草绿，风景别提多美，我劝她，如果下雨就不要去蓝山了吧！她又说："下雨也要去，奶奶别紧张，我会带弟弟平安回美国的。"唉！到底年轻不在乎。泽妤的两张照片，相差二十年哪！

现在再说我最小的外孙钟典哲，十一年前，他随父母赴美时，记得还在机场大厅地上爬呢，话也不会说，但是他的父母很好，成长的时期在家里都讲国语，不但如此，每周末都要念华文班，父母管教也很严，教他写习汉字。我每次打电话去，他都能讲很正确的国语（正确得我都想笑了）。而且年年寄来的卡片，无论是贺年卡或给外公外婆的生日卡，字体方正，比他爸妈的字写得还好哪！只是每次见到他不再是小肥仔，而是一次次蹿高变瘦，戴上近视眼镜，又箍着牙齿套（据说要箍三年）。这两年消息传来，已经得了两次美国布什总统的奖状（照片在后面墙上）。这奖状是每年发给各校各班的前二名优秀学生，典典能每年得到不易，而且他还有许多其他奖状，贴满了墙壁。照片上的小肥仔成了小学者啦！

念远方的沉樱

回想我和沉樱女士的结识，是在1956年的夏天，我随母亲带着三岁的女儿阿葳，到老家头份去参加堂弟的婚礼。上午新妇娶进门，下午有一段空时间，我便要求我的堂的、表的兄弟姊妹们，看有谁愿意陪我到斗焕坪去一趟。我是想做个不速客，去拜访在大成中学教书的陈（沉樱）老师，不知她是否在校。大家一听全都愿意陪我去，因为大成中学是头份著名的私立中学，陈老师又是那儿著名的老师，吾家子弟也有多人在该校读书的。于是我们一群就浩浩荡荡地来到了大成中学。

到学校问陈老师住家何处，校方指说，就在学校对面的一排宿舍中。我们出了校门正好遇见一个小男生，便问他可知道陈老师的住家，并请他带领我们前往。这个男孩点点头，一路神秘不语地微笑着带我们前往（我至今还清晰地记得他那神秘的笑容）。到了这座日式房子，见到沉樱，她惊讶而高兴地迎进我们这群不速客，原来带我们的正是她的儿子梁思明。

大热的天，她流着汗（对她初次印象就是不断擦汗），一边切西瓜给大家吃，一边跟我谈话。虽是初见，却不陌生；写作的人一向如此，因为在文字上大家早就彼此相见了。尤其是沉樱，她是30年代的作家，是我们的前辈，我在学生时代就知道并读过她的作品了。

1956年开始交往，至今整整三十年了。三十年来，我们交往密切，虽然叫她一声“陈先生”，却是谈得来的文友。她和另外几位“写沉樱”的文友也一样：比如她和刘枋是山东老乡，谈乡情、吃馒头，她和张秀亚谈西洋文学，和琦君谈中国文学，和罗兰谈人生，和司马秀媛赏花、做手工、谈日本文学。和我的关系又更是不同，她所认为的第二故乡头份，正是我的老家，她在那儿盖了三间小屋，地主张汉文先生又是先父青年时代在头份公学校教的启蒙学生。我们大家聚在一起的时候，话题甚多，谈写作、谈翻译、谈文坛、谈嗜好、谈趣事，彼此交换报告欣赏到的好文章，快乐无比！到了吃饭的时候，谁也舍不得走，不管在谁家，就大家胡乱弄些吃的——常常是刘枋跑出去到附近买馒头卤菜什么的。

这样的快乐，正如沉樱的名言——她常说：“我不是那种找大快乐的人，因为太难了，我只要寻求一些小的快乐。”

这样小快乐的欢聚的日子也不少，是当她在1957年应聘到台北一女中教书的十年里，以及她在一女中退休后，写译丰富、出版旺盛的一段时日里。

如今呢？她独自躺在马利兰州离儿子家不远的一家老人疗养院（nursing house）里，精神和体力日日地衰退。手抖不能写，原是数年前就有的现象，到近两年，视力也模糊了，脑子也不清楚了。本来琦君在美国还跟她时通电话，行动虽不便，电话中的声音还很清晰，但是近来却越来越不行了。今春2月思明来信还说，妈妈知道阿姨们要写散文祝贺她八十岁生日，非常高兴，我向思薇、思明姊弟要照片——最重要的是要妈妈和爸爸梁宗岱（去年在大陆逝世）的照片，以配合我们文章的刊出，沉樱还对儿女们催促并嘱咐：“赶快找出来挂号寄去！”思明寄照片同时来信说：“妈的身体很好，只是糊涂，眼看不清楚，手不能写是最难过的事，我也只有尽量顺着她，让她晚年平静地过去。”据说这家疗养院护理照顾得很好，定期检查，据医院说，沉樱身体无大病，只是人老化了，处处退步。

我们知道沉樱眼既不能视，便打算每人把自己的写作录音下来，寄去放给她听也好吧！但是思薇最近来信却说：“……希望阿姨们的文章刊出录音后，妈妈还能‘体会’，她是越来越糊涂了，只偶尔说几句明白话。每次见着她，倒总是一脸祥和，微笑着环视周遭，希望她内心也像外表平静就让人安心了……”琦君最近也来信说：“稿子刊出沉樱也不能看了，念给她听也听不懂了，只是老友一点心意，思之令人伤心！”

频频传来的都是这样的消息，怎能想象出沉樱如今的这种病情呢？！

1907年出生的沉樱，按足岁算是七十九岁，但以中国的虚岁算，应该是八十整寿了。无论怎么说，是位高寿者。而她的写作龄也有一甲子六十年了。沉樱开始写作才二十岁出头，那时她是复旦大学的学生。她写的都是短篇小说，颇引起当时大作家的注意，但是她自己却不喜欢那时代的写作，在台湾绝少提起。她曾写信给朋友说，她“深悔少作”，因为那些作品都是幼稚的、模仿的，只能算是历史资料而已。她认为她在五十岁以后的作品才能算数，那也就是在台湾以后的作品了。

可是她在台湾的几十年，翻译比创作多多，创作中绝无小说，多是散文。她的文字轻松活泼，顺乎自然，绝不矫揉造作。她的翻译倒是小说居多。她对于选择作家作品很认真，一定要她喜欢的才翻译。当然翻译的文字和创作一样顺当，所以每译一书皆成畅销。最让人难忘的当然是茨威格的《一位陌生女子的来信》，出版以后不断再版。引起她翻译的大兴趣，约在1967、1968年间，她竟在教书之余，一口气翻译、出版了九种书，那时她也正从一女中退休，很有意办个翻译出版社，在翻译的园地上耕耘吧！

说起她的翻译，应当说是很受梁宗岱的影响。1935年她和梁宗岱在天津结婚，他们是彼此倾慕对方的才华而结合的。尤其是文采横溢的梁宗岱，无论在写诗、翻译的认真上，都使沉樱佩服，她日后在翻译上，对文字的运用、作品的选择，就是受了梁宗岱的影响。但是在他们婚后的十年间，沉樱的译作却是一片空白，因为连续生了三个孩子，又赶上抗战八年。但是没有想到抗战胜利后，她和梁宗岱的夫妻之情再也不能维持下去，因为梁宗岱对她不忠。又和一个广东女伶结合，她的个性强，便一怒而携三稚龄子女随母亲、弟弟、妹妹来台湾，一下子住进了我的家乡头份，在山村斗焕坪的大成中学一教七年才到台北来。她并没有和梁宗岱离婚，在名义上她仍是梁太太，而梁宗岱的妹妹在台湾，她们也一直是很要好的姑嫂。

记得有一年她正出版多种翻译小说时，忽然拿出一本梁宗岱的译诗《一切的峰顶》来，说是预备重印刊行，我当时曾想梁宗岱有很多译著，为什么单单拿出这本译诗来呢？不久前，在一篇写去年去世的梁宗岱的资料，说梁于1934年在日本燕山完成《一切的峰顶》的译作，而这时也正是沉樱游学日本，和梁同游，当然完成这部译作，沉樱随在身边，这对沉樱来说，是个回忆和纪念的情意，怪不得她要特别重印这本书呢！也可见她对梁的感情并没有完全消失。她的子女也说，母亲对父亲是既爱又恨！也怪不得这次我向她子女索取一定要有爸妈合照的照片时，她催着子女一定要挂号赶快给我寄来。如果不是海天相隔梁宗岱已故去的话，今年也是他们的金婚纪念呢！

在我收到的一批照片中，有几张是1935年二十四岁的马思聪、王慕理夫妇第一次到北平开演奏会，住在沉樱家一个月时合拍的。沉樱想到1935年时和故友同游的情景，如今她形单影只，怎能不有“座中泣下谁最多，江州司马青衫湿”的心情呢！

头份如今是个有七万人口的镇，斗焕坪是头份镇外的山村，经过这儿是通往狮头山的路。沉樱把这里当作她的“有家归不得”的精神的老家。她退休后在这儿盖了三间小屋。她所以喜欢这儿，不只是为了她在这儿住了七年的感情，不只是果园的自然风景和友情，而是一次女儿思薇来信说到曾做梦回台湾时，加注了一句：“不知为什么每次做这种梦，总是从前在乡下的情景。”就是指的斗焕坪。于是她才决定在那山村中，盖了三间小屋，使孩子们有了个精神的老家，她也跟着有了第二故乡。

她在台北居住忙于翻译出书时，总还会想着回到木屋去过几天清悠的日子，那是她这一生文学生活最快乐的时期，所以她说：“我对生活真是越来越热爱，我在这个世界还有许多事没做呢！”

沉樱退休赴美定居后，时时两地跑，倒也很开心。1981年是沉樱回台湾距今最近的一次。1983年身体才变化大，衰弱下来。今后恐怕她不容易再有回台湾她的第二故乡的机会了，我们只希望她听了我们每人的录音，真能“体会”到和我们欢聚的那些美好的日子。

1986年8月23日

林海音《城南旧事》代序

差不多快十年了，我写过一篇题名《忆儿时》的小稿，现在把它抄写在这里：

我的生活兴趣极广泛，也极平凡。我喜欢热闹，怕寂寞，从小就爱往人群里钻。

记得小时在北平的夏天晚上，搬个小板凳挤在大人群里听鬼故事，越听越怕，越怕越要听。猛一回头，看见黑黝黝的夹竹桃花盆里，小猫正在捉壁虎，不禁吓得呀呀乱叫。但是把板凳往前挪挪，仍是怂恿着大人讲下去。

在我七八岁的时候，北平有一种穿街绕巷的“唱话匣子的”，给我很深刻的印象。也是在夏季，每天晚饭后，抹抹嘴急忙跑到大门外去张望。先是卖晚香玉的来了。用晚香玉串成美丽的大花篮，一根长竹竿上挂着五六只，妇女们喜欢买来挂在卧室里，晚上满室生香。再过一会儿，“换电灯泡儿的”又过来了。他背着匣子，里面全是些新新旧旧的灯泡，贴几个钱，拿家里断了丝的跟他换新的。到今天我还不明白，他拿了旧灯泡去做什么用。然后，我最盼望的“唱话匣子的”来了，背着“话匣子”（后来改叫留声机，现在要说电唱机了），提着胜利公司商标上那个狗听留声机的那种大喇叭。我便飞跑进家，一定要求母亲叫他进来。母亲被搅不过，总会依了我。只要母亲一答应，我又拔脚飞跑出去，还没跑出大门就喊：

“唱话匣子的！别走！别走！”

其实那个唱话匣子的看见我跑进家去，当然就会在门口等着，不得到结果，他是不会开闪的。讲价钱的时候，门口围上一群街坊的小孩儿和老妈子。讲好价钱进来，围着的人便会挨挨蹭蹭地跟进来，北平的土话这叫作“听蹭儿”。我有时大大方方地全让他们进来；有时讨厌哪一个便推他出去，把大门砰地一关，好不威风！

唱话匣子的人，把那大喇叭安在话匣子上，然后装上百代公司的唱片。片子转动了，先是那两句开场白：“百代公司特请梅兰芳老板唱《宇宙锋》。”金刚钻的针头在早该退休的唱片上摩擦出吱吱扭扭的声音，嗞嗞啦啦地唱起来了，有时像猫叫、有时像破锣。如果碰到新到的唱片，还要加价呢！不过因为是熟主顾，最后总会饶上一片《洋人大笑》，还没唱呢，大家就笑起来了，等到真正洋人大笑时，大伙儿更笑得凶，乱哄哄地演出了皆大欢喜的“大团圆”结局。

母亲时代的儿童教育和我们现代不同，比如妈妈那时候交给老妈子一块钱（多么有用的一块钱），叫她带我们小孩子到“城南游艺园”去，便可以消磨一整天和一整晚。没有人说这是不合理的。因为那时候的母亲并不注重“不要带儿童到公共场所”的教条。

那时候的老妈子也真够厉害，进了游艺园就得由她安排，她爱听张笑影的文明戏《锯碗丁》《春阿氏》，我就不能到大戏场里听雪艳琴的《梅玉配》。后来去熟了，胆子也大了，便找个题目——要两大枚（两个铜板）上厕所，溜出来到各处乱闯。看穿燕尾服的变戏法儿；看扎着长辫子的姑娘唱大鼓；看露天电影郑小秋的《空谷兰》。大戏场里，男女分坐（包厢例外）。有时观众在给“扔手巾把儿的”叫好，摆瓜子碟儿的、卖玉兰花的、卖糖果的、要茶钱的，穿来穿去、吵吵闹闹，有时或许赶上一位发脾气的观众老爷飞茶壶。戏台上这边贴着戏报子，那边贴着“奉厅谕：禁止怪声叫好”的大字，但是看了反而使人嗓子眼儿痒痒，非喊两声“好”不过瘾。

大戏总是最后散场，已经夜半，雇洋车回家，刚上车就睡着了。我不明白那时候的大人是什么心理，已经十二点多了，还不许入睡，坐在她们（母亲或是老妈子）的身上，打着瞌睡，她们却时时摇动你说：“别睡！快到家了！”后来我问母亲，为什么不许困得要命的小孩儿睡觉？母亲说，一则怕着凉，再则怕睡得魂儿回不了家。

多少年后，城南游艺园改建了屠宰场，城南的繁华早已随着首都的南迁而没落了，偶然从那里经过，便有不胜今昔之感。这并非是眷恋昔日的热闹的生活，那时的社会习俗并不值得一提，只是因为那些事情都是在童年经历的。那是真正的欢乐，无忧无虑、不折不扣的欢乐。

我记得写上面这段小文的时候，便曾想：为了回忆童年，使之永恒，我何不写些故事，以我的童年为背景呢？于是这几年来，我陆续地完成了本书的这几篇。它们的故事不一定是真的，但写着它们的时候，人物却不断地涌现在我的眼前：斜着嘴笑的兰姨娘，骑着小驴回老家的宋妈，不理我们小孩子的德先叔叔，椿树胡同的疯女人，井边的小伴侣，藏在草堆里的小偷儿。读者有没有注意，每一段故事的结尾，里面的主角都是离我而去，一直到最后的一篇《爸爸的花儿落了》，亲爱的爸爸也去了，我的童年结束了。那时我十三岁，开始负起了不是小孩子所该负的责任。如果说一个人一生要分几个段落的话，父亲的死，是我生命中一个重要的段落，我写过一篇《我父》，仍是值得存录在这里的：

写纪念父亲的文章，便要回忆许多童年的事情，因为父亲死去快二十年了，他弃我们姊弟七人而去的时候，我还是个小女孩儿。在我为文多年间，从来没有一篇专为父亲而写的，因为我知道如果写到父亲，总不免要触及他过早离开我们的悲痛记忆。

虽然我和父亲相处的年代，还比不了和一个朋友更长久，况且那些年代对于我，又都是属于童年的，但我对于父亲的了解和认识极深。他溺爱我，也鞭策我，更有过一些多么不合理的事情表现他的专制，但是我也得原谅他与日俱增的坏脾气，以及他日渐衰弱的肺病身体。

父亲实在不应当这样早早离开人世，他是一个对工作认真努力、对生活有浓厚兴趣的人，他的生活多么丰富！他生来好动，几乎无所不好，好像世间有多少做不完的事情，等待他来动手，我想他的死是不甘心的。但是促成他的早死，多种的嗜好也有关系。他爱喝酒，快乐地划着拳；他爱打牌，到了周末，我们家总是高朋满座。他是聪明的，什么都下功夫研究，他害肺病以后，对于医药也很有研究，家里有一只五斗柜的抽屉，就跟个小药房似的。但是这种饮酒熬夜的生活，便可以破坏任何医药的功效。我听母亲说，父亲在日本做生意的时候，常到酒妓馆林立的街坊，从黑夜饮到天明，一夜之间喝遍一条街，他太任性了！

母亲的生产率够高，平均三年生两个，有人说我们姊妹多是因为父亲爱花的缘故，这不过是迷信中的巧合，但父亲爱花是真的。我有一个很明显的记忆，便是父亲常和挑担卖花的讲价钱，最后总是把整担的花全买下。于是父亲动手了，我们也兴奋地忙起来，廊檐下大大小小的花盆都搬出来。盆里栽的花，父亲好像特别喜欢文竹、含羞草、海棠、绣球和菊花。到了秋天，廊下客厅，摆满了秋菊。

花事最盛是当我们的家住在虎坊桥的时候，院子里有几大盆出色的夹竹桃和石榴，都是经过父亲用心培植的。每年他都亲自给石榴树施麻渣，要臭好几天，但是等到中秋节，结的大石榴都饱满得咧开了嘴！父亲死后的第一年，石榴没结好；第二年，死去好几棵。迷信的人便说，它们随父亲俱去。其实，明明是我们对于剪枝、施肥，没有像父亲那样勤劳的缘故。

父亲的脾气尽管有时暴躁，他却有更多的优点，他负责任地工作，努力求生存，热心助人，不吝金钱。我们每一个孩子他都疼爱。我常常想，既然如此，他就应该好好保重自己的身体，使生命得以延长，看子女茁壮成长，该是最快乐的事。但是好动的父亲，却不肯好好地养病。他既死不瞑目，我们也因为父亲的死，童年美梦，顿然破碎。

在别人还需要照管的年龄，我已经负起许多父亲的责任。我们努力渡过难关，羞于向人伸出求援的手。每一个进步，都靠自己的力量，我以受人怜悯为耻。我也不喜欢受人恩惠，因为报答是负担。父亲的死，给我造成这一串倔强，细细想来，这些性格又何尝不是承受于我那好强的父亲呢！

童年在北平的那段生活，多半居住在城之南——旧日京华的所在地。父亲好动到爱搬家的程度，绿衣的邮差是报告哪里有好房的主要人物。我们住过的椿树胡同、帘子胡同、虎坊桥、梁家园，尽是城南风光。收集在这里的几篇故事，是有连贯性的，读者们别问我那是真是假，我只要读者分享我一点缅怀童年的心情。每个人的童年不都是这样地愚騃而神圣吗？

1960年7月

悼钟理和先生

大约在两星期前，华苓打电话来说某处所选中译英的短篇小说，尚缺少本省作家的作品，要我代找。这个消息使我很兴奋，立刻就近要了文心、清文的，同时写信给肇政和钟理和先生，要他们寄几篇来选，因为他们几位都是常写小说的本省籍作家。华苓在催，但是钟理和先生的却迟迟未到，我只好选了他在《联副》不久前刊过的一篇《还乡记》凑上送去。接着他的四篇剪报寄来了，所附的信是别人代笔署他的名写的，我可以猜想到他一定是病了，因为起起倒倒对于他已经是常事了。但过了两天，却又接到理和先生的亲笔信，他说他突然病倒了，这回病得凶狠些，所以所要的剪报迟寄来，同时他又说他所选的四篇作品，在他是有意义的，因为他写的是乡土的台湾，都市的台湾自有别的作家去写。我的工作忙忙乱乱，还来不及写信谢谢他，并且告诉他说已经来不及，所有的稿子都已送走，而今天便又接到一封寄自高雄美浓镇的信，笔迹不是理和自己的，我猜想一定是他细心要修改稿件的信。接信的当时，我从木栅回来，人很疲乏，吃了午饭睡觉第一，午觉醒来才拆开信，那上面写着——

海音女士：

家父于8月3日突然老病复发，4日终于不治辞世，5日下午依遗言火化。事出仓猝，不能及时通知，请原谅。

前些日子寄去的作品，用完后请替我寄回来，以后希望您仍像以前一样地照顾我们。还有好些作品没有出版，我希望将来能把他的作品集成一集出版。《笠山农场》父亲遗言要请您跟肇政叔叔设法出版，现在原稿在台北，已经写信去要了，接到后即将寄给您们。心里慌乱，言语无绪。敬祝，大安！

钟铁民拜　8月7日

看了这封信，我愣住了，因为理和先生的死，似在意料中，又出乎意外。他在本刊那篇万字连载《复活》是5日才刊毕，他4日已经死了，这可能是他在世所见到他的最后一篇刊出的作品，而相信他日前写来的短信，也可能是他生前写的最后的一封信。想到他和《联副》两年来的写作的关系，以及对他的敬佩和认识，似乎不会使我的心情平复，同时本刊的读者，在读了理和先生的许多作品以后，也会对这位默默一生的作者寄予无限的怀念吧！

从理和先生的作品中，读者也会看出他是一位不快乐的作者，因为在他的作品中难得——不，简直从没有看见过“欢乐”与“诙谐”的场面，而多的是“悲悯”和“忧伤”。每读他的作品都使人心情沉重起来，有欲哭无泪的感觉。但是他并不是一个卖弄笔墨来赚取读者的眼泪或同情的作家，而是他写作和生活的背景，正有着无限的辛酸，笔触所及，不由要流露出来。理和先生一生热爱写作，从年轻到死亡，他所写的，在情感上毫无虚构，这正应了贝多芬的名言：

“为何我写作？我心中所蕴蓄的，必须流露出来，所以我写作。”

但可怜的是他一直盼着有一本自己的集子出版，却到死也没有实现。

理和先生今年四十六岁，一生除了热爱写作外，没有辉煌的记历和学历，而更不幸的是十几年来一直在和肺病搏斗。他在第一次通信上便沉痛地写道：“我在一个人生涯中最为有用的少壮之年便罹此疾，空让大好时光虚掷，自思此生已无多大希望，今后倘能当名小卒，呐喊呐喊为文坛添点热闹，于愿足矣！”

然而这点愿望也不能让他完全地达到，他还有些作品尚未发表，但当我们再读到他的作品时，这个人已经不在这个世界了。

钟理和先生的平凡（也不平凡）的一生，是这样的：

他的学历仅仅是日据时代的高小毕业再上一年半的村塾（读汉文）而已，而实际上，村塾所读的汉文，对于他后来的写作，并没有什么大帮助，因为当时所读的都是古文。在日据时代，政治环境是那样地恶劣，一切条件都不适合一个人成为一个中国文的作家，所以他有了今天的成就，除了酷爱文艺的起码条件以外，还有赖于他个人的遭际。

他自己曾说过他的写作生涯的最初动机：

我少时有三个好友，其中一个是我异母兄弟，我们都有良好的理想。我们四个人中，三个人顺利地升学了，一个人名落孙山，这个人就是我。这事给我的刺激很大，它深深地刺伤了我的心，我私下抱定由别种途径赶上他们的野心，这是最初的动机，但尚未定型。

他在高小读书时，借着由父亲手里得到的一点点阅读能力，热心地浏览中文古体小说，一部《杨文广平蛮十八洞》，可以说是他启蒙的中国小说了。后来他进入村塾后，阅读能力提高了，随着阅读的范围也增广了！举凡当时能够搜罗到手的古体小说，莫不广加涉猎，后来更由高雄、嘉义等地买来新体小说。当时祖国大陆上正是五四之后，新文学风起云涌，当时很多名作家的选集，在台湾也可以买到。那些新文艺作品，几乎使他废寝忘食地倾读着。于是在熟读之余，便也偶尔拿起笔来写。有一次他把改作后的一篇短文拿给他的兄弟看，他默默地看过后忽然对理和先生说："你也许可以写小说。"他虽然不明白兄弟的这句话，究竟是出于无心还是有感，但对理和先生来说，却是一句重要的话。以后他的兄弟到台北到日本，都常常给他寄来文艺理论的书籍。他兄弟的这种做法，使他不断地和文艺发生关系，他后来从事文艺工作，兄弟的鼓励有很大关系。

但是把他更驱向文艺的，却是他的婚姻！

当理和先生读完了一年半的村塾，第二年他十九岁，家里从屏东县迁到现在的地方来开拓山林，而就在那里，他认识了一个农场的女工平妹，并且爱上了平妹，不幸的是女工也姓钟，同姓联姻，在本省是大忌，他自述说：

我们受到旧社会的压力之巨和为贯彻初衷所付的代价之巨，是无法形容的。这是我生平受到的又一次刺激。被压迫的苦闷和悲愤，几乎把我压毁。这时候我兄弟的那句话开始对我发生影响了，我借笔墨来发泄蕴藏在心中的感情的风暴。这思想把我更深地趋向文艺。由此时起，要做作家的愿望开始在心中萌芽了。

1938年夏天，他只身跑到中国的东北，1940年便回台湾把他的平妹带走。平妹也就是他的妻，这个结合对他太不容易了。而平妹呢？在贫病交迫的日子里，她勇敢地又背起了犁耙回到农场，现在她还是一个耕种着四分田和养着几只猪的农妇。读者在理和先生的作品中，早已看到一个那样忍耐着丈夫的病、家庭的贫的主妇，难道说平妹嫁给理和先生没有得到什么吗？她得来的却是全部的爱，一直到死！现在他们有四个孩子，一个读高中，一个读国校，两个还小，生活一直不如理想，理和先生死了，更不堪想象。

二十年来，理和先生并没有过一个固定的职业。当他1938年到东北去，是做着驾驶汽车的工作，后来在公司里工作。1941年，他们移居北平，在文化古城中加强了他要做作家的愿望，虽然他的工作一向没有和“文化”有关，他在北平经营的是“煤炭零售商”！但是他几乎把全副的精力花在写作和自修上了。

最不幸的是他的病。1946年他回到台湾来，初担任县立初中代用教员，但转过年的年初就得病，后来进松山疗养院，开刀切去了七条肋骨，一个人只剩半个了！这期间他没有写作，但是1950年出院回到乡下的家里，便在疗养中继续他热爱的写作。这时好像完全达成他的夙愿了，因为事实上他不能担任任何工作，看书、写作，不正是他所希望的吗？然而时好时坏的病体，实在是在挣扎中生活的。

在这种情形下，他的笔触何来幽默与欢乐？但是他从不发牢骚，本着他热爱文艺的意志，尽情地写作下去。平妹，下田种着地，上山砍着柴，她也从不抱怨。

理和先生在病后的作品多属短篇，而且也多在《联副》发表，其他刊物如《自由青年》上也间或发表一两篇。唯一的长篇小说《笠山农场》是曾得文艺会奖的，但一直不得机会出版单行本。

一个一生的精力付诸写作的人，盼望着有一本自己的集子出版，该不算奢侈吧，但是一直到死，理和先生的小小愿望就没有达到，但是谁又想到他这样突然地离去了呢？

不久以前我曾在通信中向理和先生谈及说，台北的西区扶轮社（全部本省籍会员）对于本省的文化年年都奖励，我很想建议他们掏出点钱来出版一本省籍作家的作品合集。理和先生很高兴，写信频频询及，但是我还没碰到什么机会向什么人去讲呢，理和先生已经不在世了。他临死的遗言要肇政和我帮他出版集子。对于这样一位作家，我们应当尽力而为，为了安慰他，也因这是我们应当做的事。

1960年8月10日

我的曾祖母

一年前的冬日，我陪摄影家谢春德到头份去。他是为了完成《作家之旅》一书，来拍摄我的家乡。先去西河堂林家祖祠拍了一阵，便来到二婶家，那是我幼年三岁至五岁居住过的地方。

春德拍得兴起，婶母的老木床、院中的枯井、墙角的老瓮、厨房里的空瓶旧罐，都是他的拍摄对象，最后听说那座摇摇欲坠的木楼梯上面，是我们家庭供祖宗牌位的地方，他要上去，我们也就跟上去了。虽是个破旧的地方，但是整齐清洁地摆设着观音像、佛像、长明灯、鲜花、香炉等等，墙上挂着我曾祖母、祖父母的画像和照片，以及这些年又不幸故去的三婶的儿子、媳妇和孙辈的照片。看见曾祖母的那张精致的大画像，祖丽问我说：“妈，那不就是你写过的，自己宰小狗吃的曾祖母吗？”

这样一问，大家都惊奇地望着我。就是连我的晚辈家族，也不太知道这回事。

如果我说，我的曾祖母嗜食狗肉，她在八十多岁时，还自己下手宰小狗吃，你一定会吃惊地问我，我的祖先是来自哪一个野蛮的省？我最初听说，何尝不吃惊呢！其实“狗是人类的好朋友”的说法，是很“现代”而“西方”的。我听我母亲说过，祖父生前有一年从广东蕉岭拜祭林氏祖祠归来，对正在“坐月子”的儿媳妇说：“你们是有福气的哟！一天一只麻油酒煮鸡，老家的乡下，是多么贫困，哪有鸡吃，不过是用猪油煮狗酒罢了！”

你听听！祖父说这话的口气，是不是认为人类对待动物的道德衡量，宰一条小狗跟杀一只鸡，并没有什么分别？甚至在那穷乡僻壤，吃鸡比吃狗还要奢侈呢！

自我懂事以来，已经听了很多次关于曾祖母宰小狗吃的故事。不过，随着年龄的增长，对于曾祖母宰小狗这回事，每一次都有更多的认识、了解和同情。

说这老故事最多的就是二婶和母亲。三婶还健康的时候，每次到台北，都会来和母亲闲谈家中老事。老妯娌俩虽然各使用彼此相通的母语——客家、闽南——又说、又笑、又感叹地说将起来，我在一旁听着，也不时插入问题，非常有趣。她们谈起我曾祖母——我叫她“阿太”——亲手宰烹小狗吃的故事，都还不由得龇牙咧嘴，一副不寒而栗的样子：就好像那是刚刚发生的事情，就好像我阿太还在后院的沟边蹲着，就好像还听得见那小狗在木桶里被开水浇得吱吱叫的刺耳声，使得她们都堵起耳朵、闭上眼睛跑开，就好像她们是多么不忍见阿太的残忍行为!

但是，我的曾祖母，并不是一个残忍的女人，她是一个最寂寞的女人。

我的曾祖父仕仲公，是前清的贡生。在九个兄弟中，他是出类拔萃的老五。为了好养活，他有个女性化的名字“阿五妹”，所以当时人都曾称他一声“阿五妹伯”。我的曾祖母钟氏，十四岁就来到林家做童养媳，然后“送做堆”嫁给我的曾祖父。但不幸她是个生理有缺陷的女人，一生无月信，不能生育，终生无所出。那么，“阿五妹”爱上了另一个美丽的女孩子罗氏，就是一件很自然的事情了。那个女孩子是人家的独生女儿，做父母的怎肯把独生女儿给“阿五妹”做妾呢？因为我的曾祖父当时有声望、有地位，又开着大染布坊，他们又是自己恋爱的，再加上我阿太不能生育，美丽的独生女儿，就做了我曾祖父的妾了。妾，果然很快地为“阿五妹伯”生了个大儿子，那就是我的亲祖父阿台先生。

我想，我的曾祖母的寂寞，该是从她失欢的岁月开始的。

阿台先生虽然是一脉单传，却也一枝独秀，果实累累，我的祖母徐氏爱妹，一口气儿生了五男五女，这样一来，造成了林家繁枝覆叶的大家庭。那时候，曾祖父死了，美丽的妾不久也追随地下。阿台先生虽然只是个秀才，没有得到科举时代的任何名堂，但他才学高，后来又做了头份的区长（现在的镇长），事实上比他的父亲更有声望和地位。但是就在林家盛极一时的时候，我的曾祖母，竟带着她自己领养的童养媳，离开了这一大家人，住到山里去了。

并不是我的祖父没有尽到人子的责任，我的祖父是孝子，即使阿太不是他的亲母，他也不废晨昏定省之礼。或许这个大家庭使阿太产生了“虽有满堂儿孙，谁是亲生骨肉”的寂寞感吧，她宁可远远地离开，去山上创一个属于她自己的天地。

在那种年代、那种环境、那种地位下，无论如何，阿台先生都有把母亲接回来奉养的必要，但是几次都被阿太拒绝了。请问，荣华和富贵，难道抵不过在山间那弯清冷的月光下打柴埋锅造饭的寒酸日子吗？请在我的曾祖母的身上找答案吧！

终于，在我曾祖母八十岁那年，寒冬腊月，一乘轿子，把她老人家从山窝里抬回来了。听说她的整寿生日很热闹，在那乡庄村镇，一次筵开二三百桌，即使是身为区长，受人崇敬的阿台先生家办事，也不是一件顶容易的事吧！而且，祖父还请画师给她画了这么一张像：头戴凤冠，身穿镶着兔皮边的补褂。外褂子上画的那块补子，竟是“鹤补”，一品夫人哪！我向无所不知的老盖仙夏无瑜兄打听，他说画像全这么画，总不能画一个乡下老太婆，要画就画高一点儿的。我笑说，那也画得高太多啦！

据我的母亲和二婶说，阿太很健康，虽然牙齿全没了，佝偻着腰，也不拄拐杖。出出进进总是一袭蓝衣黑裤。她不太理会家里的人，吃过饭，就举着旱烟管到邻家去闲坐，平日连衣服都自己洗，就知道她是个多么孤独和倔强的人了。

大家庭是几房孙媳妇妯娌轮流烧饭，她们都会为没有牙齿的阿太煮特别烂的饭菜。当她的独份饭菜烧好摆在桌上时，跟着一声高喊："阿太，来吃饭啊！"她便佝偻着腰，来到饭桌前了。我的母亲对这有很深的印象，她说当阿太独自端起了饭碗，筷子还没举起来，就先听见她幽幽的一声无奈的长叹！阿太难道还有什么不满足吗？

现在说到狗肉。

二婶最会炖狗腿，她说要用枸杞、柑皮、当归、番薯等与狗腿同煮，才可以去腥膻之气，但却忌用葱。狗肉则用麻油先炒了用酒配料煮食，风味绝佳。三婶虽是狗肉烹调家，却从不吃狗肉，她是做子媳的，该做这些事就是了。不但二婶不吃狗肉，在这大家庭里，吃狗肉的人数也不多，二婶曾笑指着我的鼻子告诉我说：

"家里虽然说吃狗肉的人数不算多，可也四代同堂呢！你阿太，你阿公，你阿姑，还有你！"

秋来正是吃狗肉进补的时候。其实，从旧历七月以后，家里就不断地收到亲友送来的羊头、羊腿、狗腿这种种的补品了。因为乡人都知道阿台先生嗜此，岂知他的老母、女儿、四岁的小孙女，也是同好呢！

不是和自己亲生儿子在一起，我想唯有吃狗肉的时候，阿太才能得到一点点快乐吧？因为这时所有怕狗肉的家人，都远远地躲开了！

据说有一年，有人送来一窝小肥狗给阿台先生。这回是活玩意儿，三婶再也没有勇气像杀母鸡一样地去宰这一窝小活狗了。阿太看看，没有人为她做这件事，便自己下手了，这就是我的曾祖母著名的自己下手宰狗吃的“残忍”的故事了。

记得有一次我又听母亲和三婶谈这件事的时候，不知哪儿来的一股不平之鸣，我说：“如果照我祖父说的，煮鸡酒和煮狗酒没有什么两样的话，那么阿太宰一只狗和你们杀一只鸡也没有什么两样的呀！”

阿太高寿，她是在八十七八岁上故去的，我看见她，是在三岁到五岁的时候，直接的记忆等于零。但是，如果她地下有知的话，会觉得在一个甲子后的人间，竟获得她的一个曾孙女的了解和同情，并且形诸笔墨，该是不寂寞啊！

我的祖母

我的祖母徐氏爱妹的放大照片，就挂在曾祖母画像的旁边墙上。这张虽是老太太的照片，但也可以看出她的风韵，年轻时必定是个美人儿，她是凤眼形，薄薄的唇，直挺的鼻梁。她在照片上的这件衣着，虽是客家妇女的样式，但是和今日年轻女人穿的改良旗袍的领、襟都像呢！

我的祖父林台先生，号云阁，谱名鼎泉，他是林家九德公派下的九世孙。前面说过，他科举时代没有什么名堂，却是打二十一岁起就执教鞭，1916年到1920年，出任头份第三任区长，在纯朴的客家小镇上，是位令人尊敬的长者。在中港溪流域，是以文名享盛誉。他能诗文，擅拟对联，老年间的许多寿序、联匾，很多出于祖父之笔。我的祖母为林家生了五男五女，除了夭折一男一女外，其余都成家立业，所以在祖父享盛誉的时候，祖母自然也风光了半辈子。

我对祖母知道得并不多，年前玉美姑母到台北来，我笑对也已年近八十的玉美姑说："我要问你一些你母亲的事，你可得跟我说实话。"因为我常听婶母及母亲说，祖母很厉害，她把四个儿媳妇控制得严严的，但她自己却也是个勤俭、干净、利落的人。听说，我的曾祖母所以很孤独地到山上去过日子，也和这个儿媳妇有些关系，因为当年的祖母，妻以夫贵，不免有时露出骄傲的神色来吧！而且我听三婶说，她的女儿秀民自幼送人，也是婆婆的主意。我问玉美姑姑，玉美姑姑很技巧地回答说："你三婶身体不好嘛！带不了孩子，所以做主张把秀凤送人好了。"其实我又听说，是祖母希望二婶生儿子，所以叫她把女儿送人的。我又问姑姑说："听说祖母很厉害。"姑姑说："她很能干。"能干和厉害有怎样的差别和程度，是怎么说都可以的。

但是在我的记忆中，祖母却是可爱的，幼年在家乡的记忆没有了，却记得在北平时，我还在小学三年级的样子，祖父、祖母到北平来了。那时父亲、四叔——祖父的最大和最小的儿子都全家在北平，从遥远的台湾到"皇帝殿脚下"的北平来探亲和游历，又是日据时代，是一件不简单的事，我想那是祖母最最风光的时期了。他们返回台湾不久，四叔就因抗日在大连被日本人毒死狱中。四叔本是祖母最疼爱的儿子，四婶也因是自幼带的童养媳，所以也特别疼。过两年，祖父独自到北平来，父亲已经因四叔的死，自己也吐血肺疾发。记得祖父住在西交民巷的南屋里，我常听到他的咳声，他似乎很寂寞地在看着《随园诗话》，上面都是他随手所记的批注。等到祖父回台湾，过不久，父亲也故去了。

这时祖父的四个儿子，先他而去了三个，祖父于1934年七十二岁时去世，死时只有一个三叔执幡送终。祖父死后的年月，不要说风光的日子没有了，祖母又遭遇到最后一个儿子三叔也病故的打击，至此满堂寡妇孤儿，是林家最不幸的时期。真是“屋漏偏逢连夜雨”，1936年时，台湾地震，最严重的就是竹南、头份一带。我们这一辈，最大的是堂兄阿烈，他又偏在南京工作，看报不知有多着急，那时家屋倒塌，大家都在地上搭棚住，七十多岁的祖母也一样。后来阿烈哥返台，在一群孤儿寡妇中，他不得不挑起这大家族的许多责任。

阿烈哥说，幸好他考取了当时的放送局，薪水两倍于一般薪水阶级，负起奉养祖母的担子。他也曾把祖母接来台北居住就医过，可是她还是在八十岁上、在祖父死后十年中风去世了。她死时更不如祖父，四个儿子都已先她而去，送终的只好是重孙阿烈哥了。

而我们那时在北平，也是寡妇和孤儿，又和家乡断绝音信多年，详细的情形都不知道。只是祖母在我的印象中却是和蔼的、美丽的。

我的母亲

我的母亲是板桥镇上一个美丽、乖巧的女孩，她十五岁就嫁给比她大了十五岁的父亲，那是因为父亲在新埔、头份教过小学以后，有人邀他到板桥林本源做事，所以娶了我的母亲。

母亲是典型的中国三从四德的女性，她识字不多，但美丽且极聪明，脾气好，开朗，热心，与人无争，不抱怨，勤勉，整洁。这好像是我自己吹嘘母亲是说不尽的好女人。其实亲友中，也都会这样赞美她。

母亲嫁给父亲不久，父亲就带着母亲和母亲肚中的我到日本去，在大阪城生下了我。父亲是个典型的大男人，据说在日本到酒馆林立的街坊，从黑夜饮到天明，一夜之间，喝遍一条街，够任性的了。但是他却有更多优点，他负责任地工作，努力求生存，热心助人，不吝金钱。我们每一个孩子，他管得虽严，却都疼爱。

在大阪的日子，母亲也津津乐道。她说当年她是个足不出户的异国少妇（在别人眼里只是个十几岁的少女），偶然上街，也不过是随着背伏着小女婴的下女出去走走。像春天，傍着淀川，造币局一带，樱花盛开了，风景很美。母亲说，我们出门逛街，还得忍受身后边淘气的日本小鬼偶然喊过来的“清国奴”这样侮辱中国人的口号，因为母亲穿的是中国服装。

后来父亲要远离日本人占据的台湾，到北平去打天下，便先把母亲和三岁的我送回台湾。在客家村和板桥两地住了两年，才到北平去的。母亲以一个闽南语系的女人嫁给客家人，在当时是罕见的。母亲缠过足，个子又小，而客家女性大脚，劳动起来是有力有劲的。但是娇小的母亲在客家大家庭里仍能应付得很好，那是因为母亲乖，不多讲话。她说妯娌们轮流烧饭，她一样轮班，小小的个子，在乡间的大灶间，烧柴、举炊，她都得站在一个矮凳上才够得到，但她从不说苦。不说苦，也是女性的一种德性吧，我从未见母亲喊过苦，这样的德性在潜移默化中，也给了我们姊弟做人的道理。像我，脾气虽然急躁，却极能耐苦，这一半是客家人的本性，一半也是得自母亲。

父亲去世前在北平的日子，是最幸福的，但自父亲去世（母亲才二十九岁），一直到我成年，我们从来都没有太感觉做孤儿的悲哀，而是因为母亲，她事事依从我们，从不摆出一副苦相，真是所谓“在家从父，出嫁从夫，夫死从子”了。

我的母亲常说这样两句台湾谚语，她说：“一斤肉不值四两葱，一斤儿不值四两夫。”意思是说，一斤肉的功用抵不过四两葱，一斤儿子抵不过四两丈夫。用有实质的重量来比喻人伦，实在是很有趣的象征手法。我母亲也常说另一句谚语：“食夫香香，食子淡淡。”这是说，妻子吃丈夫赚来的，是天经地义，没有话说，所以吃得香；等到有一天要靠子女养活时，那味道到底淡些。这些话表现出我的母亲对一个男人——丈夫的爱憎之深、之专。

现在已婚妇女，凑在一起总是要怨丈夫，我的母亲从来没有过。甚至于我们一起回忆父亲时，我如果说了父亲这样好那样好，母亲会很高兴地加入。如果我们忽想起爸爸有些不好的地方，母亲就一声也不言语，她不好驳我们，却也不愿随着孩子回忆她的丈夫的缺点。

我的母亲十五岁结婚，二十九岁守寡，前年八十一岁去世。在讣闻里，我们细数了她的直系子、孙、媳婚等四代四十多人，没有太保太妹，没有吃喝嫖赌不良嗜好的。是母亲虽早年守寡，却有晚年之福。

在这妇女节日，写三位旧时女子——我的曾祖母、祖母、母亲，无他，只是想借此写一点中国女性生活的一面，和她们不同的身世。但有一点是相同的，无论她们曾受了多少苦、享了多少福，都是活到八十岁以上的长寿者。

吹箫的人

南屋常年是阴暗潮湿的，受不到一点阳光的照射。北平人说：“有钱不住东南房，冬不暖，夏不凉。”真是经验之谈。我虽然把两明一暗的三间南屋布置成很好的客厅——缎面的沙发，硬木的矮几，墙角的宫灯，仿古花纹的窗帘，脚下是软软的地毯，但是我们都没有兴趣到南屋去，熟识的朋友来了，也还是习惯到我们起居饮食的北屋来坐。

就这样，我们整年地把南屋冷落着。小三合院中心一棵好大的槐树，像一座天棚，整个夏天遮盖着这院子，但是南屋更阴暗了。秋天槐花落了满院子，地上像铺了一层雪。我一簸箕一簸箕地扫着，心里就打着南屋的算盘：煤这样贵，今年冬天我不打算在南屋装洋炉子了。把去年留下的两个炉子的烟筒挑一挑，用在北屋的一个炉子上大概够了。铁皮暴涨，烟筒省一节是一节，大家都尽量把炉子装得移近窗户，这叫作“缩短防线”。我又想，为什么不把南屋租出去呢？既节流，又开源。

这个主意说开了去，大嫂很快就引来了一位房客，她给我介绍说：“咱们南京老亲端木家的三太太，你仿佛说过，中学里教过你地理的，就是三先生。”

我说：“是呀！端木老师不容易被人忘记，他的……”

“他的眼镜。”端木太太立刻微笑着接腔。

回忆到学校的生活，我很开心，我大笑着说：“是的，眼镜，还有冬天那条长长的围巾，脖子后面总拖着那么长的一大截，飘荡着。”

据说端木家这门老亲，和我们攀来巴去，算是平辈表亲。端木朴生老师已经死了十多年了。这位端木太太因为一直在外面做事，所以大家都称呼她一声“朱先生”。我对端木老师的印象，也只是那掉在鼻梁中间的眼镜和长围巾这一点点而已，他实在只教了我连一学期都不到。

说是平辈，朱先生比我年纪大多了，已经两鬓花白，她虽憔悴，但很稳重，也整洁，眉目间藏着年轻时代的风韵。这样的形容似乎很矛盾，但她给我的第一个印象确是这样。

她是从东城她的亲戚家搬出来的，因为她在师大的图书馆工作，住亲戚家虽然方便，只是离学校太远，往返不便，我们家可离师大很近。

“老胳膊老腿儿啦！让我来来去去地赶电车，我也追不上，到了冬天，骨头节儿就仿佛泡在醋里，那么酸痛，真不是滋味儿。”她苦笑着说。

但是我想到阴暗的南屋，租给这样一个独身而患着风湿的老女人住，而我这年轻健康的却住着阳光普照的北屋，倒有点不自在，我只好说：“只要朱先生不嫌房子小，不嫌我三个孩子吵闹。”

朱先生搬来的时候，槐树叶已经掉完了，光秃秃的枝子在冷风里挺着。南屋里我们原来的那一套家具，都移到北屋来，北屋显得拥挤，但是却好像暖和了些。太阳从宽大的玻璃窗透进来，照到紫红色的沙发上，发着亮光，摸摸是热的。我很喜欢这种气氛，抱着孩子坐在沙发上，望着南屋朱先生在忙碌：盆儿呀，罐儿呀，煤球呀，都堆在南屋房檐下的石阶上。那地方原来我都摆着菊花，现在这么一来，原有的一点儿艺术气氛就没了。

宋妈和朱先生的一个侄女在帮着整理，中午我当然邀她来我家吃饭，她进屋来先在洋炉子旁烤着搓着她的冻得发僵的两手，看着墙上挂的我和凡带着三个孩子的照片说：“一个人也是一个家，什么都扔不下，就像蜗牛壳似的，再简单，也得把它背在身上，带来带去。”

她没有生育过，体态较少变化，也可想见她年轻时的轻盈。她如今穿着青哔叽的罩袍，平平贴贴，一点褶痕都没有，我只觉得她太整洁了。听了她的话，不知是出于安慰还是真的感觉，我说：

“我现在就觉着一个人最舒服，三个孩子加一个丈夫，真乱死我了，我常对凡说，多咱能离开你们清净几天才好。要知道伺候大人也不比伺候孩子省事。”我最初是为了安慰她的孤寂，而故意说出羡慕她的话，但说来说去，也说出了我的牢骚。

“别这么说！”她笑着止住我。

“这是真话呀！”我也笑着说。

“真的离开你，你又不放心了。”她说着拍拍我的手背，仿佛我是一个不懂事的孩子。

她搬来后，每天早出晚归，冬天日短，回来后，天都快黑了，大家都缩在屋里过日子。窗帘拉上，探到炉中去的尾巴壶的水滚开着，孩子的吵闹欢笑声，使我应付这三间北屋里的生活，已经来不及了，这晚上的几小时简直就和屋外隔绝了一样。有时我会猛想起，对面还有一家新街坊呢！我想着到朱先生屋里去谈谈，像拜访朋友似的。但是等到夜静后，我也疲乏了，掀开窗帘一角向南屋看去，外屋的灯已经熄了，里面是她的卧室，低烛光的灯亮着，怕她已经就寝了，也就不好去打扰。有一两次也仿佛听到乐器的声音，但被孩子或客人的说笑声遮盖了，就没有注意。

我是一个贪睡的人，冬夜起来弄孩子，真是一件苦恼的事，我常想恢复我的职业生活，然后多雇一个女仆，把孩子交给她去管，我就可以一觉睡到大天亮，是多么舒服！实在我连续生了三个孩子，已经有六年不知道睡整夜觉的滋味了。

那天我夜半醒来，给孩子换好尿布吃过奶，就翻来覆去地睡不着了，忽然哪里传来低低的音乐声，我仔细地听，才觉出是南屋朱先生在吹箫。夜静静的，那箫声就仿佛是从山间来、从海边来、从长街来，幽幽的，钻进了人的心底。我竟幻想着朱先生吹箫的姿态，像是她坐在半空中，又像是远远地从海边走过来。迷离中我感到寒冷，原来是因纸白天被小猫抓破了一个洞，冷风钻进来，吹到脸上。我翻身理好棉被，向里面钻了钻，用被蒙住半个脸，才觉得暖和些。那南屋里的女主人是多么寂寞！我不禁关心起朱先生来。“闲夜寂以清，长笛亮且鸣。”不记得在哪儿看过这么两句诗，箫声低于笛声，但是在清寂的闲夜，就仿佛是一步步地逼进耳朵来。过了好久，我才睡去，不知是她的箫声先停，还是我先入梦乡的。

第二天晚上，我惦记着过去找朱先生谈谈，便把孩子们早早弄上床。我不知道她喜不喜欢闲聊，很想把毛线也带过去织（织着毛线谈话是最快乐的），又怕那样显得是要在她屋里待很久，结果从缸里拿了两棵腌白菜，送给她就早点吃，算是以此为题。

南屋里靠窗子摆了一张八仙桌，她工作、吃饭、会客都就着这张桌子，所以上面摆了茶具，也摆了文具，电灯便从屋中拉到窗前的桌子上面。炉子刚添上硬煤块吧，劈劈剥剥地响着，炉子上炖了一壶茶，她喜欢喝茶，搬来的头一天我就知道了。我推门进屋时，她正一个人坐在桌前擦箫，这情景很安静。我从自己乱哄哄的屋子过来，格外觉得舒适，昨夜那种替她孤寂的感觉没有了。但是我却仍要把那种感觉告诉她，我说：

“昨夜是您吹来吧？”

“罪过，吵了你了。”

“哪里，”我赶紧接口说：“我睡觉大炮也轰不醒，是昨夜起来给孩子冲奶听见的。那调子听得人心酸，只觉得像没了着落。说实话，好一会儿我才睡着，不然每天我扔下奶瓶就睡着了。”

“以后夜里可不能再吹了，你带孩子害你睡不够。”她抱歉地说。

“不，”我赶忙阻止她，“也只是碰巧我那时醒来，否则再大声音也听不见的。我觉得有时也应当让孩子吵闹以外的声音，陶冶一下我的心情，让这声音带着我的思想到更广阔的境界，您的箫声使我想想这，想想那，也是很有趣的。”

“那么昨夜你想到什么了？”她直看着我的脸，认真地问我，我倒不好意思了，说：“想得很多呢！”

她起身又去墙上取下一支笛子来，也在擦拭着。我说：“也吹笛子吗？”

“不，我吹不好，是朴生吹的。”

对于这种箫啦笛啦的乐器，我知道得太少了，她不说话，我就没话可接了。我心想送了腌白菜已经完成了人情，可以站起身回屋去了，幸亏没把毛线带过来，正这么想着，朱先生又说话了：

“想不到朴生那样子粗心大意的人会吹笛子吧？他吹得好

着呢！”

“是的，从表面看起来，端木先生是不拘小节的，也许玩起乐器来很细心吧？”

“他在这方面是满细心的，我却是个粗人。”

“您要是粗人，我更不用提了。”我说着笑了，又问她，“端木先生活着的时候，你们一定常常箫笛合奏吧？”

她看了我一眼，点点头。

“中国的乐器有几种是适合夜阑人静时独自演奏的，箫或笛便都是。以前夏天晚上我们常常在北海的小划子上吹奏，那才有意思。”

我可以想象得出那种情趣来，因为夏夜在北海划船，常可以听见从水面传过来的口琴声，留声机声，以及情侣们的低吟浅唱。这种生活的享受，我和朱先生都没份儿了，她是失去了伴侣，我是因为增加了累赘。我对朱先生说出了我的感触，她也有同感。

我又问，她和端木先生，是谁先对这种乐器发生兴趣的。

她今夜很兴奋，听我这样问，便擦拭着那根笛子说：

“说来话长呢！你问问南京的老亲都知道一点儿，当年先父是不赞成我和朴生这门亲事的。原来我们两家都住在北京，而且是世交。朴生在北大，我在女高师，读书的时候就认识了。毕业以后又同在一个学校教书，虽然接近的机会多了，并没什么密切的来往。不知从什么时候起，他忽然给我写起信来……”

“情书吗？”我听得有趣便插嘴问。

“敢！”她骄傲地说了以后，又天真地笑了，仿佛回到年轻的年月，她就是那无上威风的女王。“他所写的无非是讨论学问思想，当然字里行间也带着些情意。我一封也不回他，让他高兴就写他的！”

“见面说话不说？”上一代“新人物”的恋爱，在我们看来有时是不可想象的，所以我不由得想多问几句。

“见面应酬话是说的，但他可不敢提写信的事，我只是在说话间透露出我已经看过他的信就是了。”

“多有意思！”我不禁惊叹。

“1928年北伐成功后，迁都南京，端木一家都回南京了。这以前，他家曾央人来求亲，可是先父一口就回绝了，我连影子都不知道。家里只知道我和他同事，并不知道他写信的事，那年月，我们更新，可是家庭还守旧得很呢！我们再开通，也是半新不旧的，因为许多地方仍要顾到古老的传统，不能一下子就变过来。他家回南京时，他也同去了，因为他是独子。他回南京后，信写得更勤，这时的信就明显地表现出他的意思了。”

“那么这回您该回他信了吧？”我问。

她笑笑摇摇头，接着说：

“可是有那么一天，他事先并没有写信说过，竟在学校里出现了，当然使我很惊奇，但他不远千里而来的坚决的情意，也不能说没感动我。这时我已经知道父亲拒绝求婚，所以答应和他在学校以外的地方见面，瞒着我的家庭。见面也只是见面罢了，我还是无意的。直到有一次，我们学校几个接近的同事相约到北海赏月，大家带了乐器去，我吹箫是许多人都知道的。在北海的那天晚上，我才知道朴生吹笛子。我独奏“梅花三弄”，他竟悄悄地，悄悄地，吹起笛子来随着我的箫，吹着吹着，我们就变成二重奏了！……”

朱先生说到这里，起身到炉边去拿炖在火上的那壶酽茶，给我斟了一杯，她自己斟了一杯。然后又用煤钩子去拨弄那炉火，炉门一打开，火光反映到她的脸上，红亮亮的。我两手捧着那杯茶，停了好一会儿没说话，看着她的脸，脑中幻想着当年夏夜太液池中箫笛合奏的情景，仿佛我也是客人中的一个。我不由得笑说：

“那首《梅花三弄》一定是您和端木先生的定情曲啦！”

她笑笑，回到桌前坐下，从桌上拿起那支笛子：

“喏，始终是这支笛子陪着我，这么些年了。他走得匆忙，留在家里没带着，笛子留下了，吹笛的人可再没回来呢！”她不胜感慨地说着，把笛子又挂回到墙上去。

“端木先生教我们的时候，您和他已经结婚了吧？”我也回忆起那吹笛的人了。

“他教你是哪年的事？”

“1931年，我在初中二年级。”

“已经结婚喽！我们结婚也还是经过一场奋斗呢！虽然我答应了他的求婚，但是不能得到父亲的谅解。他放弃了父亲给他在南京中央政府找到的好职位，而来北平做个中学教员，他的母亲也不满意他，这一切还不都是为了我。父亲后来算勉强答应了，也还是有婚后仍住在北平的约定。”

“对于您来说，还是那笛子的力量吧？您的婚姻的故事多么美，它使我想起了‘吹箫引凤’的故事，您是那弄玉，端木先生正是箫史……”但是朱先生打断我的话，说：

“箫史和弄玉是夫妇双双飞升而去，我们可是一个飞了，一个还在这儿挣扎求生呢！”

“在心灵上，您仍是和端木先生在一起的，您的夜半箫声，怎么能知道他不是在冥冥中也跟您在合奏呢！”

爱情的故事，常常是因为那爱情发生了障碍，才使得故事更美，更动人。我后来听大嫂说，当初朱家的老太爷不答应这门亲事，是因为端木先生是庶出的关系，母亲的出身微贱，在家庭中没有地位，连带着儿子也遭了殃。端木先生排行第三，前面还有两个相差很多岁的哥哥，是嫡出的。在那讲究门第与身世的上一代，怎能怪他们为儿女的多方操心呢！可惜这一对在新旧时代交替中奋斗的夫妇，在如愿以偿之后，终不能白头偕老，他们只有短短不到八年的相守。端木先生是七七抗战那年由北平到内地去，在一次汽车失事中丧命的。意外的死，生者难堪，她怎么能不日日以箫声唤回那荒野中的孤魂呢！箫声可以使她回到往昔月夜泛舟的情景中去，无怪其声哀以思了。

有一次在偶然的闲谈中，又提到了她的箫，她曾这么说过：

“没有孩子的夫妻和有孩子的夫妻，毕竟不同啊！看你们小两口虽然有时拌嘴，但是半天都忍不了，你们就忘了，因为有孩子一打岔就过去了。我们可就不同喽！婚后的现实环境，到底不是婚前所想到的，我从小到大什么苦头都没受过，所以有一点点不遂意，就使我几天不愉快，不和朴生说话。长日无聊，我只有吹箫来解心头之闷。常常在这种情形下，朴生便也不知什么时候，拿起笛来，和着我一起吹奏了。这样，一根笛一根箫，便像你家的老大和老二，把我们的不愉快，无形中合开了。”

我听说过，朱先生在婚后和婆母不和，这也是常引起他们夫妻不愉快的因素，端木先生在母亲的独子与爱妻的丈夫的夹层中，常常左右为难。据说在端木先生死后，婆媳反倒相安无事了。

一个冬天在蜷缩中过去了，今年春暖得早，阴历的正月过不久，家里的火炉就拆了。屋门敞开着，孩子们就骑在屋门坎上，享受着春日的阳光。但是南屋的炉火挨到阴历二月才拆除，因为朱先生在闹病，她有畏寒的毛病。上班也就是那么回事了，年轻的男女同事们听说她病了，倒是常常来看她。有时她们带了菜来做，哄着她说笑，像女儿对妈妈似的。

开春以来，她就很少吹箫了，看见墙上挂的笛子，我总会想起箫，也偶然问她：

“朱先生，好久没吹箫解闷了吧？听你吹箫，对于我也是一种享受呢！”

“提不起兴趣。怎么？又想听着箫声想心事了吗？”

“其实我听着箫声，多半想的还是您呢！”我玩笑地说，但确是实在的话。有一次连偶然读到杜牧的“青山隐隐水迢迢，秋尽江南草木凋。二十四桥明月夜，玉人何处教吹箫”的诗，不知怎么却想到端木先生了。

交夏以后，时局急转直下地紧张起来，5月间凡去上海看全国运动会的热闹，到了9月我们就筹划着到台湾的事了。要离开一个依赖了多年的地方，真不是一件容易的事，我没出过远门，一下子就让我来个大迁徙，说实话，我连行李都不会捆呢！

“我留在这儿慢慢地结束，你一个人先走，你到台湾都安顿好，再来接我们。”我对他曾经这样建议，并且屡次讨论时，都坚持这个主张。

这时宋妈来告诉我，朱先生让我过去一起。她病病怏怏地躺在床上，我真抱歉不安，好多天都把她忘了，只顾闹我自己的情绪。

她倚在床栏上，用责备的口吻对我说：“为什么不跟丈夫一起走呢！兵荒马乱的时候，不要分离，一家人的手还是紧紧捏在一起的好，更不应当在这个时候闹别扭。”

她一定是从宋妈的嘴里知道这一切的，我告诉她我的不安的情绪和一些困难。她忽然拉住我的手，悲痛地说：“如果十二年前我和朴生一道走，我今天的情形也许不是这样子了。”她说着拍拍盖在身上的那条被。“我跟你说了那么多我和朴生的事，只有一件没说过。”她停了一下，好像要拣个最合适的方法说出来，“——在七七事变前，我因为家庭的苦恼——你知道就是为了朴生的母亲，和朴生闹得很不愉快。七七事变一起，朴生和我商量说，把母亲送到上海跟大哥过，然后我们一道南下。但是我不肯，我要他把母亲送到上海去，自己南下，我要先在北平清静清静。无论他怎么说，我执意不肯，直到他已被敌人注意而不能不走了，一切都来不及打算，便先离开北平。到上海他来信说，情绪很不好，因为担心着我们婆媳的安全，和想到没来得及安排我们的生活就离开了，心中始终是不安的。他要我们及时准备，立刻和母亲到上海去，他有半个月的时间可以等待。我接到他的信，虽然心中略有所动，可是始终不肯去跟婆母商量，半个月这样泡过去了，朴生在上海不得不动身南下，还没走出江苏省境，他就死了。你不能让一个人不安地离开家，是不是？心中不安就会有不幸，这常是连带的。总要生活在一起，才能彼此安慰与照顾。听见没有！”

她的一大篇话，使我恍然明白这一对夫妻的整个故事，我一直知道的是那前半部完美的，但那一时的过错，却能使一个人永生赎不完。朱先生的箫声，不只是怀念和幽怨，还有着遗憾与忏悔，所以那声音才使人心弦震动。

晚上我同意了凡的建议，我们一起到台湾去，他感动而欣慰地吻着我，并且紧紧地捏住我的手。晚上我睡在被里，忽然听朱先生又吹起箫来，声音是那么微弱，一个调子重复了几次，都吹不成腔，想着她白天为我说出她隐藏了多年的秘密，真是肺腑之言，但是我们就要离开她了，而她又正在病中。

来到台湾以后，立刻就给接住北屋的弟妇写信，除了报告平安抵达之外，还问候朱先生的病况，弟妇口信却没提起，她准是在匆忙中忘了。很迅速地，以后就音讯不通了。

在台湾，十年的厮守，全凭朱先生的一篇爱情的故事。朱先生如果还健在的话，算一算，真不信，当年在太液池上吹箫的女人，如今已是望七之年了。

1959年1月

第三章

无限滋味
是人间

豆腐颂

有中国人的地方就有豆腐。做汤做菜，配荤配素，无不适宜。苦辣酸甜，随意所欲，“它洁白，是视觉上的美；它柔软，是触觉上的美；它香淡，是味觉上的美。”女作家孟瑶说，“它可以和各种佳肴同烹，吸收众长，集美味于一身；它也可以自成一格，却更具有一种令人难忘的吸引力。”

豆腐可和各种鲜艳的颜色、奇异的香味相配合，能使樱桃更红，木耳更黑，菠菜更绿。它和火腿、鲥鱼、竹笋、蘑菇、牛尾、羊杂、鸡血、猪脑等没有不结缘的。当你忙碌或食欲不振的时候，做一味香椿拌豆腐，或是皮蛋拌豆腐，小葱拌豆腐佐餐，都十分可口。时间允许，做一味麻辣烫三者兼备的麻婆豆腐，或煎得两面焦黄的家常豆腐，或毛豆烧豆腐，绿的碧绿，白的洁白，只颜色就令人醉倒了。假如就一碗蒸得松松软软的白米饭，只此一味，不令人百尝不厌么？它像孙大圣，七十二变，却傲然保持本体。

江苏有句谚语：“吃肉不如吃豆腐，又省钱又滋补。”豆腐的蛋白质含量是牛肉和猪肉的一半，但是价钱却便宜多了，豆腐的脂肪是植物性的，和肉类所含的动物性脂肪不同，吃了不会引起血管硬化或心脏病等毛病。难怪有许多人说豆腐是“植物肉”了。又因为它含极少量碳水化合物，所以也适宜减肥的人吃。豆腐中的钙质含量和牛奶相同，特别适合孕妇和发育中的婴幼儿吃。

慈禧太后驻颜有术，每天都要吞珠食玉。据民间传说御厨房有蒸锅四十九口，每口锅里放镶珍珠的豆腐，四十九天可以蒸烂。四十九口锅轮番蒸，慈禧太后就每天可以吃到一味润肤养颜的“珍珠豆腐”了。

豆腐的做法是先把黄豆泡在水里四至八小时，气温越高，泡的时间越短，泡够时间放入石磨中去磨，磨好后滤去豆渣，剩下来的就是豆浆。然后把豆浆加热至沸腾，再加凝固剂。一般都是用盐卤或石膏做凝固剂，石膏的成分是硫酸钙，盐卤中主要成分是氯化镁和硫酸镁。加入凝固剂后，再入压榨箱压去水分就是豆腐。美国黄豆协会台湾办事处，每年有经费部分辅助台湾的豆腐制造商到日本考察。在日本，制豆腐简直成了一门艺术。

近两年市面上出现了用两层塑料袋包装，经过高温消毒的机器豆腐，不过销路并不十分好，一般主妇还是喜欢新鲜的豆腐。豆腐店做豆腐都是从傍晚开始，天亮前做好。大清早又开始造第二批供午市需求（豆腐工人下午休息）。人人都买得起豆腐，在台湾，一方豆腐只卖新台币一元五角。去年台湾人共吃了5亿公斤豆腐——平均每人23公斤。台湾每年产黄豆6万公吨，进口62.5万公吨，大部份来自美国，其中百分之十用来做豆腐，其余的多用来榨油。

豆腐是汉文帝时代（公元前160年左右）淮南王刘安发明的。宋时，豆腐渐渐普及，在江南，亦成为普通的食品。但除开特殊的情形外，尚未成为士大夫的食品，只有下层阶级用来佐膳。清代开始，豆腐扩及于上层家庭，有时且调理成帝王专用的高级豆腐。宋荦七十二岁做江宁巡抚，刚巧康熙皇帝南巡。在苏州觐见时，康熙见他年老，对他说："朕有日用豆腐一品，与寻常不同。因巡抚是有年纪的人，可令御厨太监传授与巡抚厨子，为后半世受用。"

随息居饮食谱对豆腐有如下的说明：

"豆腐一名菽乳，甘凉清热，润燥生津，解毒补中，宽肠降浊，处处能造，贫富攸宜……以青黄大豆清泉细磨生榨取浆，入锅点成后，软而活者胜，其浆煮熟未点者为腐浆，清肺补胃，润燥化痰，浆面凝结之衣，揭起晾干为腐皮，充饥入馔，最宜老人。点成不压则尤软，为腐花，亦曰腐脑。榨干所造者有千层，亦名百叶，有腐干，皆为常肴，可荤可素……由腐干而再造为腐乳，陈久愈佳，最宜病人，其用皂矾者名青腐乳，亦曰臭腐乳，疳膨黄病便泻者宜之。"

不同时代，豆腐的名称亦异。古语叫大豆做菽，《尔雅》称为戎菽。豆腐又叫菽乳，还有“黎祁”或“来其”两个名称可能是印度或西域系统的语言，直到唐代，都是指奶酪、乳腐冻奶食品来说，后来才变成豆腐的别名。《清异录》说“邑人呼豆腐为少宰羊”，可能是因为豆腐普遍成为肉类的廉价代用品。

豆腐在中国社会中，是贫苦老实和勤劳的象征。章回小说与旧剧中，也常喜欢安排一对孤苦无依的老婆老头以磨豆腐为生，如《天雷报》里面的张元秀。豆腐也围绕我国的语文。“豆腐西施”是说美貌的贫家女，“豆腐官”是廉洁的官，因为俸给微薄，只可以吃豆腐。

发挥豆腐烹调技巧最有名的人要算是成都北门顺何街的麻婆了。麻婆娘家姓温，排行第七，小名巧巧，美丽出众，偏是老天捉狭，在她脸上洒下一些白麻子，但仍不减她的美貌。她十七岁那年，嫁给顺记木材行四掌柜陈志灏。光绪二十七年，四掌柜不幸翻船。一月之间，健美的巧巧就形销骨立。小姑淑华看她孤苦零仃，加上十年相依的感情，不舍得留下她的四嫂自行出嫁。姑嫂俩为了生活，不得不面对现实，打开门户。

姑嫂都能裁会剪，仅仅添了一张案板，裁缝店就立即开张。不到半年，生意冷淡下来。好在四掌柜在生时，那些常来他们店子歇脚的油担子，看她们打开店铺，每天又来歇脚，有些带点米，有些带点菜，没有带米带菜的就在隔壁买点羊肉豆腐，其余的人在油篓内舀点油，生火的生火，淘米的淘米，洗菜切菜，只等巧巧来上锅一烧，就可饱餐一顿了。大家故意省下一口，就够姑嫂早晚两餐有余，这些诚挚的情谊，不但鼓舞了巧巧枯萎的心情，而且更使她练出一手专烧豆腐的绝技。

巧巧做的臊子豆腐，经过众口宣扬，名传遐迩，凡是认得女掌柜的总是想方设法，前来攀亲叙旧，目的仅在想尝尝她做的豆腐。来者是客，怎好一个一个往外推。于是巧巧开店当炉起来。嫂嫂剁肉烧菜，小姑擦桌洗碗，那时是光绪三十年。她们每天忙上十四小时，年复一年，由于操劳过度，姑嫂先后去世，而麻婆豆腐却成了四川出色的名菜！

现在写出麻婆豆腐的做法，大家不妨试烧一碗。

材料：花生油八分之一杯，黄牛肉或羊肉130公分，豆母（可用豆豉蒸软剁碎）半汤匙，姜汁一茶匙，辣椒粉少许，豆腐半公斤，花椒粉少许，蒜白梗切成半寸细丝，盐及酱油适量。

做法：炒锅洗净，用姜片擦拭，注入花生油，将沸时，将已注入姜汁及少许水之肉末倒入，肉末分开立即注入清水半杯，然后放进盐、酱油、豆母（咸度不够时，切勿先放豆腐，否则下锅就老），此时再放花椒辣椒粉（切忌用辣椒酱豆瓣酱，否则其味不正），一分钟后，将漂净的豆腐切成两公分方块打下，用小火焖煮二十分钟，放下蒜细丝，视水已干，盛出端在桌上，就是一碗麻、辣、烫的麻婆豆腐了。

很少人有吃腻了豆腐的经验。作家梁容若回忆生长在沙土绵延的地方的情形，从小见惯了田里种的大豆，豆子出产多，豆子的加工品自然也多。豆腐是天天见、满街卖的东西。见惯看腻，无色无香，再加上家乡豆腐常有的卤水苦涩味儿，所以他从小就不喜欢豆腐。

到抗日时期，一个兵荒马乱的残冬深夜，平汉路的火车把他甩在一个荒凉小站上。又饥又渴，寒风刺骨，突然听到卖豆腐脑的声音。梁容若挤在人堆里，一连吃了三碗。菜花的鲜味儿，麻油的芳香，烧汤的清醇，吃下去直像猪八戒吞了人参果，遍体通泰，有说不出的熨帖，心想："行年二十，才知道了豆腐的价值。"

他回忆说："北平的砂锅，奶汤豆腐，臭豆腐，杭州的鱼头豆腐和酱豆腐干，镇江的乳豆腐，我都领教过，留有深刻的印象。有一次还在北平的功德林吃过一次豆腐全席，那是一个佛教馆子，因为要居士们戒荤，又怕他们馋嘴，就用豆腐做成大肉大鱼的种种形式，虽然矫揉造作，但从豆腐的贡献想，真是摩顶放踵利天下为之了。"

作家子敏说："我对豆腐有一股温情；它甚至影响到我的处世态度。人跟人相处，你不能蛮横地要求对方的心情'必须'永远是春天。朋友难免失言、失态、失礼、失约。那时候，只有像豆腐那样'柔软'的宽厚心情，才能容忍对方一时的过失。朋友相交、夫妻相处，如果没有'豆腐修养'，很可能造成终身的遗憾。"

“豆腐原是很平民化的食品。对我，它不只是这样，它是含有深远哲学意味的食品。它是平民的，但并不平凡，我们的‘中国豆腐’！”

三盏灯

一

每天到了黄昏的时候，就可以看见宋妈把家里所有的煤油灯放在一起，开始她的擦灯罩的工作。她所用的工具很简单，只有一块干布、一根筷子、一团旧棉花，还有她嘴里哈出来的许多热气，再加上几口唾沫！

宋妈工作的次序是这样：她先把玻璃灯罩取下来——你看，昨天点了一夜晚，灯罩都熏黄熏黑了。再把干布缠在她右手的食指和中指上，伸进灯罩里面粗擦一遍。可是每个灯罩中间都有凸出的部分，像个球一样，她的手指不够弯进球形的地方，这时筷子和旧棉花团就来帮助工作了。干布包着棉花团，用筷子顶着，在灯罩里面擦来擦去的，熏黄发乌的地方，就渐渐有了亮光。可是这样还不行，有的地方好像黏着东西，干布擦不下来，于是宋妈非得用液体来帮助不可了。如果是在灯罩外面，她就老实不客气地吐上一口唾沫擦，果然发生效力，黏着的东西擦掉了。如果是在灯罩里面呢？她就把灯罩举到她的嘴上，一头儿用嘴堵紧，另一头儿用手提着，然后，已经挤进灯罩里的嘴，就呼呼地哈出热气来，立刻，灯罩里面充满了水汽，她放开嘴和手，再擦，灯罩里面的脏东西，也很容易地去掉了。

每一个灯罩，她都用这种方法去擦，于是桌上排列了许多大大小小的亮灯罩。灯罩擦完以后，她再擦灯座，里面添上煤油，把烧焦的线捻子剪好。最后，一盏亮晶晶的煤油灯，就送到各房里去了。

晚上，围在方桌前，是我做功课的时候。桌上有一盏明亮的煤油灯，照着我的大字本、小字本、算术本……唉！有做不完的功课。宋妈也坐在桌子旁边，可不是在看我做功课呀！她一个字也不认识！她在缝衣服纽子，或者做鞋底。

我的功课做不出，就怪那盏灯不够亮，去捻高那个灯捻儿，宋妈马上喝住我，把我捻高的又捻低下来。她说："你拉不出屎来，就怪茅坑不好！"她又说，灯捻得太高，就会冒出黑烟，很快地就把灯罩熏黑了，她是好不容易把灯罩擦亮的呀！我很生气，就说："你不会上别的屋子做活儿去？有的是灯，干吗在这儿跟我挤！"宋妈说："煤油不要花钱买吗？"我说："又不要花你的钱！"宋妈说："大小姐，就是因为不要花我的钱买，我才在这儿跟你挤呀！"

我那时候一点儿也不懂得她的话的好意，只觉得她有时很讨厌，我们又离不开她。她好像是那几盏煤油灯的大队长。所以当我功课做累了，听见街上有卖花生、卖萝卜的过来，就对宋妈说：

“大队长，去给我买点儿花生吃吧！”

她并不恼怒我，立刻出去给我买，进屋时，鼻子尖都冻红了。

我一边吃着花生或者萝卜，一边写毛笔字。宋妈又问我说：

“你现在是在写字，还是在画蛇？”她又说，“像你这样儿，赶明儿怎么能当女校长？”

可是她一边说着，一边就把灯捻儿给我捻高了一些。

她一直要守着我做完功课，才肯收拾起活计，把我送上床，把煤油灯捻得最低最低的，只有一点点暗黄色的灯光，照在屋子里。我就在这暗黄的小灯光里睡着了。

二

每年农历的七月十五日，是我最盼望的日子。

早在半个月以前，我就在惦记着这个日子了。我常常想，要做一盏最别致、最好看的莲花灯，点上蜡烛，照亮了一瓣瓣的莲花儿，然后，我提着我的莲花儿灯，走到街上去，跟许许多多别人的莲花灯比一比。但是每一次出去一比，我都觉得自己的不够好，别人的又大，花样又特别，灯又亮。也总是想着，明年一定要做一个最好的。

我一手提着莲花灯，一手拉着宋妈的衣襟，因为她还抱着我的小弟弟。我们一条街、一条街地逛下去，全是灯，照亮了满条街。提灯的人，都像我一样，在人群中穿来穿去的。逛灯的人如果发现了好看的灯，就都围过来，啧啧地称赞。提了那盏灯的主人，就会很得意地停下来，让人参观。一盏又大又讲究的灯，总是有支架的，架在地上，主人就可以站在旁边休息了。我这盏小莲花灯可不行，总得手里提着它，提得手都酸了，也没有人欣赏。

虽然每年的七月十五日，我都没有做过什么出色的莲花灯，但是我还是年年高高兴兴地盼望，高高兴兴地提着灯在人群里挤，高高兴兴地度过又一个节日，因为每次宋妈都会对我说："赶明年，咱们再做一个更好的。"

因此，每一年，我都盼望一个更好的明年。

许多个"明年"过去了，我长大了。不再点煤油灯，不再提莲花灯。回想起来，那些日子很甜蜜，但是没有消息的宋妈，却很使我怀念。想起宋妈，就会想起灯，她虽不认识字，却告诉我许多做人做事的道理。

三

去年我到美国旅行，在旧金山停留的时候，无意中我又得到一个灯的故事，它给我一个更新的做人做事的启示。

在交通发达的城市里，十字路口都装着指挥交通的红绿灯。红灯停，绿灯走，这是谁都知道的。但是在行人车辆稀少的马路上，许多人就会马马虎虎，不管红灯绿灯，随便穿过马路，知道总不会有危险。我在旧金山所住的地方，是在一条很僻静的马路上。我每天总要过几次马路，最初是不管红灯绿灯哪个在亮，因为有时这条街上一个行人也没有，一辆车也没有，还要红绿灯干吗呢？

有一天，一个朋友告诉我他的一段经历。他说，有一天天已经暗了，街上的行人很少，当他快走到十字路口的时候，红灯亮了，走在他前面的一个路人，停了下来。但是他却心想，现在既然没有车辆经过，走过去又有什么关系呢？所以当绿灯亮了，他们并肩过马路的时候，他就向这位陌生人随便讲笑话说：

“刚才又没有车子经过，你为什么不走过去呢？”谁知那位陌生客却抬起头来，用手指着红绿灯说：

“我为了尊重这盏灯。”

这句话给我的印象很深，从此无论在什么时候，什么地方，只要我看见红绿灯，都会想一遍这句话，是含了多么深刻的意义。

板门店和韩国泡菜

见报载美国总统克林顿，最近访日韩，还特地到三十八度线的板门店去了一趟。

板门店，是韩战时期的著名战区，是位于韩国中部的一个村庄，属于非军事区。位置就在三十八度线以南三英里的地方，在汉城和新义州一条叫作京义公路线上。1951年到1953年联合国的军事代表和朝鲜及中国军方代表，就在板门店举行停战的谈判。在历史上是在1953年的7月27日完成签订停战协定后，作为中立国监察委员会所在地。也是韩国、朝鲜和红十字会举行会谈的场所。

我在1977年曾访问过板门店，那是一个不易的机会，因为板门店虽然停战了，但仍然双方（美、朝鲜）有瞭望，要去做历史上的访问，还得申请才可以。1975年我们在韩国开会，本也订好会后访问板门店，但是那天偏偏该地有会，就不许参观访察了。幸好1977年终于有个机会达成了，那个会议室只一张方形会议桌，桌子也是两边对坐分开的。我觉得机会难得，便要求和一位美军合影，他高兴得很，笑嘻嘻的，在营地和我合影了。

那次我们又参观了民俗村及民家等地方，说到韩国饮食，读者们无人不知韩国泡菜和韩国烤肉吧！我们台北一年四季都可以吃到，超级市场都有一袋袋的韩国辣泡菜在卖。说起韩国辣泡菜，他们名为“京渍”。在韩国每家都有腌泡菜的独方，我们因为喜欢吃，所以前几年也跟朋友学过，自己做了一阵子。

韩国泡菜一般的做法是这样：初霜一过，大白菜上市了，家家都开始准备腌菜。蔬菜中大白菜、白萝卜、黄瓜是不可少的，其他作料为盐水、红辣椒、青葱、大蒜、韭菜和捣碎的虾子和鱼肉或鱿鱼、梨、苹果、松果等，随各家选用。一户七八口人家要买上八十到百斤左右大白菜及一大袋白萝卜才够一家人从8月下旬到明年2、3月食用的。先把整理好的蔬菜放入盐水木桶中浸一晚，隔日取出，把上述调味揉入腌渍过的菜，然后装陶瓮，用大石压着，埋在地下或阴凉处贮藏，不可过热或过冷，那样会腐坏，因为那是备吃近半年的食物哪！

据说，韩国人爱吃辛辣之物，是因为冬日寒冷。

窃读记

转过街角，看见三阳春的冲天招牌，闻见炒菜的香味，听见锅勺敲打的声音，我松了一口气，放慢了脚步。下课从学校急急赶到这里，身上已经汗涔涔的，总算到达目的地——目的地可不是三阳春，而是紧邻它的一家书店。

我趁着漫步给脑子一个思索的机会：“昨天读到什么地方了？那女孩不知以后嫁给谁？那本书放在哪里？左角第三排，不错。……”走到三阳春的门口，便可以看见书店里仍像往日样地挤满了顾客，我可以安心了。但是我又担忧那本书会不会卖光了，因为一连几天都看见有人买，昨天好像只剩下一两本了。

我跨进书店门，暗喜没人注意。我踮起脚尖，使矮小的身体挨蹭过别的顾客和书柜的夹缝，从大人的腋下钻过去，哟，把头发弄乱了，没关系，我到底挤到里边来了。在一片花绿封面的排列队里，我的眼睛过于急忙地寻找，反而看不到那本书的所在。从头来，再数一遍，啊！它在这里，原来不是在昨天那位置了。

我庆幸它居然没有被卖出去，仍四平八稳地躺在书架上，专候我的光临。我多么高兴，又多么渴望地伸手去拿，但和我的同时抵达的，还有一双巨掌，十个手指大大地分开来，压住了那本书的整个：“你到底买不买？”

声音不算小，惊动了其他顾客，他们全部回过头来，面向着我。我像一个被捉到的小偷，羞惭而尴尬，涨红了脸。我抬起头，难堪地望着他——那书店的老板，他威风凛凛地俯视着我。店是他的，他有全部的理由用这种声气对待我。我用几乎要哭出来的声音，悲愤地反抗了一句：“看看都不行吗？”其实我的声音是多么软弱无力！

在众目睽睽下，我几乎是狼狈地跨出了店门，脚跟后面紧跟着的是老板的冷笑：“不是一回了！”不是一回了？那口气对我还算是宽容的，仿佛我是一个不可以再原谅的惯贼。但我是偷窃了什么吗？我不过是一个无力购买而又渴望读到那本书的穷学生！

曾经有一天，我偶然走过书店的窗前，窗前刚好摆了几本慕名很久而无缘一读的名著，欲望推动着我，不由得走进书店，想打听一下它的价钱。也许是我太矮小了，不引人注意，竟没有人过来招呼，我就随便翻开一本摆在长桌上的书，慢慢读下去，读了一会儿仍没有人理会，而书中的故事已使我全神贯注，舍不得放下了。直到好大工夫，才过来一位店员，我赶忙合起书来递给他看，煞有其事似的问他价钱，我明知道，任何便宜价钱对于我都是枉然的，我绝没有多余的钱去买。

但是自此以后，我得了一条不费一文钱读书的门径。下课后急忙赶到这条“文化街”，这里书店林立，使我有更多的机会。

一页，两页，我如饥饿的瘦狼，贪婪地吞读下去，我很快乐，也很惧怕，这种窃读的滋味！有时一本书我要分别到几家书店去读完，比如当我觉得当时的环境已不适宜我再在这家书店站下去的话，我便要知趣地放下书，若无其事地走出去，然后再走入另一家。

我希望到顾客正多着的书店，就是因为那样可以把矮小的我挤进去，而不致被人注意。偶然进来看书的人虽然很多，但是像我这样常常光顾而从不买一本的，实在没有。因此我要把自己隐藏起来，真是像个小偷似的。有时我贴在一个大人的身边，仿佛我是与他同来的小妹妹或者女儿。

最令人开心的是下雨天，感谢雨水的灌溉，越是倾盆大雨我越高兴，因为那时我便有充足的理由在书店待下去。好像躲雨人偶然避雨到人家的屋檐下，你总不好意思赶走吧？我有时还要装着皱着眉头不时望着街心，好像说：“这雨，害得我回不去了。”其实，我的心里是怎样高兴地喊着：“再大些！再大些！”

但我也不是读书能够废寝忘食的人，当三阳春正上座，飘来一阵阵炒菜香时，我也饿得饥肠辘辘，那时我也不免要做个白日梦：如果袋中有钱该多么好？到三阳春吃碗热热的排骨大面，回来这里已经有人给摆上一张弹簧沙发，坐上去舒舒服服地接着看。我的腿真够酸了，交替着用一条腿支持另一条，有时忘形地撅着屁股依赖在书柜旁，以求暂时的休息。明明知道回家还有一段路程要走，可是求知的欲望这么迫切，使我舍不得放弃任何捉住的窃读机会。

为了解决肚子的饥饿，我又想出了一个好办法：临时买上两个铜板（两个铜板或许有）的花生米放在制服口袋里，当智慧之田丰收，而胃袋求救的时候，我便从口袋里掏出花生米来救急。要注意的是花生皮必须留在口袋里，回到家把口袋翻过来，细碎的花生皮便像雪花样地飞落下来。

但在这次屈辱之后，我的小心灵确受了创伤，我的因贫苦而引起的自卑感再次地犯发，而且产生了对人类的仇恨。有一次刚好读到一首真像为我写照的小诗时，更增加了我的悲愤。那小诗是一个外国女诗人的手笔，我曾抄录下来，贴在床前，伤心地一遍遍读着。小诗说：

我看见一个眼睛充满热烈希望的小孩，

在书摊上翻开一本书来，

读时好似想一口气念完。

摆书摊的人看见这样，

我看见他很快地向小孩招呼：

“你从来没有买过书，
所以请你不要在这里看书。”
小孩慢慢地踱着叹口气，
他真希望自己从来没有认过字母，
他就不会看这老东西的书了。
穷人有好多苦痛，
富的永远没有尝过。
我不久又看见一个小孩，
他脸上老是有菜色，
那天最少是没有吃过东西——
他对酒店的冻肉用眼睛去享受。
我想着这个小孩情形必定更苦，
这么饿着，想着，这样一个便士也没有。
对着烹得精美的好肉空望，
他免不了希望他生来没有学会吃东西。

我不再去书店，许多次我经过文化街都狠心咬牙地走过去。但一次，两次，我下意识地走向那熟悉的街，终于有一天，求知的欲望迫使我再度停下来，我仍愿一试，因为一本新书的出版广告，我从报上知道好多天了。

我再施惯技，又把自己藏在书店的一角。当我翻开第一页时，心中不禁轻轻呼道：“啊！终于和你相见！”这是一本畅销书，那么厚厚的一册，拿在手里，看在眼里，多够分量！受了前次的教训，我更小心地不敢贪婪，多串几家书店更妥当些，免得再遭遇到前次的难堪。

每次从书店出来，我都像喝醉了酒似的，脑子被书中的人物所扰，踉踉跄跄，走路失去控制的能力。“明天早些来，可以全部看完了。”我告诉自己。想到明天仍可以占有书店的一角时，被快乐激动得忘形之躯，便险些撞到树干上去。

可是第二天走过几家书店都看不见那本书时，像在手中正看得起劲的书被人抢去一样，我暗暗焦急，并且诅咒地想：皆因没有钱，我不能占有读书的全部快乐，世上有钱的人这样多，他们把书买光了。

我惨淡无神地提着书包，抱着绝望的心情走进最末一家书店。昨天在这里看书时，已经剩下最后一册了，可不是，看见书架上那本书的位置换了另外的书，心整个沉下了。

正在这时，一个耳朵架着铅笔的店员走过来了，看那样子是来招呼我的（我多么怕受人招待），我慌忙把眼睛送上了书架，装作没看见。但是一本书触着我的胳膊，轻轻地送到我的面前：“请看吧，我多留了一天没有卖。”

啊，我接过书害羞得不知应当如何对他表示我的感激，他却若无其事地走开了。被冲动的情感，使我的眼光久久不能集中在书本上。

当书店的日光灯忽地亮了起来，我才觉出站在这里读了两个钟点了。我合上最后一页——咽了一口唾沫，好像所有的智慧都被我吞食下去了。然后抬头找寻那耳朵上架着铅笔的人，好交还他这本书。在远远的柜台旁，他向我轻轻地点点头，表示他已经知道我看完了，我默默地把书放回书架上。

我低着头走出去，黑色多皱的布裙被风吹开来，像一把支不开的破伞，可是我浑身都松快了。摸摸口袋里是一包忘记吃的花生米，我拿一粒花生米送进嘴里，忽然想起有一次国文先生鼓励我们用功的话：

“记住，你是吃饭长大，也是读书长大的！”

但是今天我发现这句话还不够用，它应当这么说：

“记住，你是吃饭长大，读书长大，也是在爱里长大的！”

无意集象象成千

许多朋友都知道奶奶收集大象。原是无意中的收集，多年来也有上千头了！而最小的只有蚂蚁那么大，要用放大镜才看得见。

奶奶原来并不是很喜欢象，它是那么巨大、笨重、丑陋！无毛、无甲、无鳞、无壳、皮肤粗糙，不会奔跑，不会跳跃。这种形象的“大象”，有什么可喜欢的呢！

我收集大象的起源，最初是家中有数十个摆设品的象，那几年常常出国，逛异国市场的时候，发现各国都有象，便随便购买了些奇形怪状的象，回家来加强阵容。象本来是笨重少动的动物，但是艺术家们不知为什么特别喜欢用他们的构想，做成各种形象，这样一来，就显得象也多彩多姿了。至于造象的材料就更多了，无论铜铁、陶瓷、玉石、玻璃、象牙、木头、布料等都可拿来做。

朋友们投我之所爱，看见了象就买来给我，于是造成了今天的集象满柜的形势！

我想到应当多认识它才对，我不能对象一无所知呀！

渐渐才知道象是一种神圣而可敬可爱的动物。关于象的形态和生活，我就根据所知随便讲一点儿。

在冰河时代，象就来到这个世界了。它们原有六百多种，但渐渐各种生物增加，它们就减少了，现在世界上所剩下的数种象，最出名的就是非洲象。

非洲象两耳特别大，形状好像非洲地图呢！一头成年象的体重，平均是一万两千磅，每天大概要吃掉四百磅蔬菜等食物，由于吃的是很粗糙的粮食，所以咀嚼很费牙，一头活到六十岁的象，这一辈子要换六套牙。象的两只后脚的脚纹，和人类的指纹一样，每头都不同。人类所喜欢的长象牙，是公母象都有，从出生后就慢慢长起来，越长越长。大象用象牙挖树根，在干涸的河床上挖呀挖呀便可以挖到水。它的大耳朵不但可以扇风取凉，而且也是两扇大听板，可以听见最细微的声音，比如一只小老鼠在它脚下吱吱的叫声。它的耳朵一张一翕的，还可以扇开跑到它耳旁的蚊虫或脏东西。

说到象的长鼻子，更是一种多功能的器官，它的功用就像我们的手指一样，也可以说是象的第三只眼睛，更不用说呼吸和闻味道。它可以用鼻子打开水龙头，用那圆形的大鼻孔接水喝。它也可以用鼻子捡起一根针，拔瓶塞，或者把大树连根拔起！

你们常看见象在图片上是大大小小一队一队地走，你以为它们是一个大家族吗？不一定。但它们的家族观念很重，是一种合群的动物。

象是聪明的，它们从生下来就像一个天才儿童，是无所不知的。

象只有一种敌人，你知道是谁吗？就是人！只是为了非法售卖象牙，就狠心地把象杀死的偷猎人。现在世界上的象是越来越少了，因此全世界都有保护大象的呼声，而非洲象已经被列入为即将绝种的动物，为了阻止再偷猎下去，保护的办法已经发生功效了，但还得继续加强执行，才能让非洲象不被灭亡！

男人之禁地

很少——简直没有——看见有男人到那种店铺去买东西的。做的是妇女的生意，可是店里的伙计全是男人。小孩的时候，随着母亲去的是前门外煤市街的那家，离六必居不远，冲天的招牌，写着大大的“花汉冲”的字样，名是香粉店，卖的除了妇女化妆品以外，还有全部女红所需用品。

母亲去了，无非是买这些东西：玻璃盖方金的月中桂香粉，天蓝色瓶子广生行双妹嘜的雪花膏（我一直记着这个不明字义的“嘜”字，后来才知道它是译英文商标mark的广东造字），猪胰子（通常是买给宋妈用的）。到了冬天，就会买几个瓯子油（以蛤蜊壳为容器的油膏），分给孩子们每人一个，有着玩具和化妆品两重意义。此外，母亲还要买一些女红用的东西：十字绣线、绒鞋面、钩针等等，这些东西男人怎么会去买呢？

母亲不会用两根竹针织毛线，但是她很会用钩针织。她织得最多的是毛线鞋，冬天给我们织墨盒套。绣十字布也是她的拿手，照着那复杂而美丽的十字花样本，数着细小的格子，一针针、一排排地绣下去。有一阵子，家里的枕头套，妈妈的钱袋，妹妹的围嘴儿，全是用十字布绣花的。

随母亲到香粉店的时期过去了，紧接着是自己也去了。女孩子总是离不开绣花线吧！小学三年级，就有缝纫课了。记得当时男生是在一间工作室里上手工课，要的不是锯子就是锉子；女生是到后面图书室里上缝纫课，第一次用绣线学“拉锁”，红绣线把一块白布拉得抽抽皱皱的，后来我们学做婴儿的蒲包鞋，钉上亮片，滚上细绦子，这些都要到像花汉冲这类的店去买。

花汉冲在女学生的眼里，是嫌老派了些，我们是到绒线胡同的瑞玉兴去买。瑞玉兴是西南城出名的绒线店，三间门面的楼，它的东西摩登些。

我一直是女红的喜爱者，这也许和母亲有关系，她那些书本夹了各色丝线。端午节用丝线缠的粽子，毛线钩的各种鞋帽，使得我浸湎于精巧、色彩、种种缝纫之美里，所以养成了家事中偏爱女红甚于其他的习惯。

在瑞玉兴选择绣线是一种快乐。粗粗的日本绣线最惹人喜爱，不一定要用它，但喜欢买两支带回去。也喜欢选购一些花样儿，用替写纸措在白府绸上，满心要绣一对枕头给自己用，但是五屉柜的抽屉里，总有半途而废的未完成的杰作。手工的制品，不是一朝一夕可以完成的，从一堆碎布，一卷纠缠不清的绣线里，也可以看出一个女孩子有没有恒心和耐性吧！我就是那种没有恒心和耐性的。每一件女红做出来，总是有缺点，比如毛衣的肩头织肥了，枕头的四角缝斜了，手套一大一小，十字布的格子数错了行，对不上花，抽纱的手绢只完成了三面等等。

但是瑞玉兴却是个难忘的店铺，想到为了配某种颜色的丝线，伙计耐心地从楼上搬来了许多小竹帘卷的丝线，以供挑选，虽然只花两角钱买一小支，他们也会把客人送到门口，那才是没处找的耐心哪！

1961年11月2日

窗口的画

奶奶少年时代初学古文，记得老师选的古文作品中，有一位清朝乾隆时期的文学家名李渔（号笠翁）的作品，我非常喜欢，因为他不但是一位戏曲名家，也可说是一位美学作家。

他喜欢吃，所以写食谱；他欣赏自然和一切美的事物，所写的散文，流传至今。我最记得他是一位“窗”的欣赏者。他发明了扇形窗，开在湖舫上，因为中国的折扇上常画风景，湖舫上如果有了扇形窗，窗外的风景就像上了折扇似的。他又发明了“尺幅窗”，因为他家有一个窗，窗外有“丹山碧水、茅屋板桥、茂林修竹”的好风景，于是他就用几张纸，把窗的上下糊成中国字画的幅额，再镶上边，使得猛一走进屋子的人看见了，简直不知道这是真的一幅画儿呢还是风景。

我因为很欣赏李笠翁这种闲情逸致的艺术作品，所以一直记得。这使奶奶想起旅游澳洲墨尔本的一件事。

在前面一篇《林中迷途的男孩》的稿子里，写我因为喜欢这幅名画，便到艺术中心的美术品贩卖部去买这幅画的复制品。这美术品贩卖部是一处楼上长长的宽廊，所陈列供人选购的美术品，真是琳琅满目。我买画，同时也欣赏这长廊的装饰，墙壁这排有几个大玻璃窗，阳光照射进来，使屋子明亮光丽。而窗外是葱绿油亮的树木，每扇大窗所见的是不同的“茂林修竹”！我欣赏着，我的女儿过来说：“妈，他们是有意开这样大的窗，并且有窗画的作用，您看，每个大窗四边都镶着像镜框一样的边，就是让人看着像一幅大画，而且每一幅都不同呢！”

可不是，这倒使我一下想起了李笠翁的窗画，呵，这里也有，可见艺术家的构思，有时不分时代不分地区，都会一样的，有趣极了，美极了，我的傻瓜相机便把我和窗画一同摄入镜头了。

又有一次，我旅游到大陆的万里长城，晴空万里，我随众同伴努力地向上走，回想我少女时代曾和同学同游到此。那是一个春寒料峭的日子，我们都穿着厚棉衣服，有的男生穿长棉袍的，便用根绳子从腰间系住，裤脚也一样，因为风大，城墙也很多倒塌，成了一片没有城垛边沿的大路，如果风吹进裤筒衣筒里，一膨胀，成了飞行伞会被吹到长城外面去了。这一次去长城是几十年后，万里长城成了全世界的观光胜地，所以城垛都修建得很完整（但是很假）了。

我走到一段洞口形的城垛处，那是古代架枪炮为抵御敌人来侵的地方。

我们这次去，逢到5月，晴朗温暖，没有北方蒙古吹来的风沙，是非常可游的日子。我怀着怀古的心情，走到城垛口向外望去，啊！外面竟然是一棵棵油绿的树，配在远山晴空下，很美哪！我不由得倚墙而坐，把我跟历史合拍下来。洗出照片欣赏，发现这不也是窗画的一种吗？

朋友们，记住，生活中无论何处、何时、何事、何人、何景，都可以用各种方法记录下来，不要错过。

换取灯儿的

“换洋取灯儿啊！”

“换榧子儿呀！”

很多年来，就是个熟悉的叫唤声，它不一定是出自某一个人，叫唤声也各有不同，每天清晨在胡同里，可以看见一个穿着褴褛的老妇，背着一个筐子，举步蹒跚。冬天的情景，尤其记得清楚，她头上戴着一顶不合体的、哪儿捡来的毛线帽子，手上戴着露出手指头的手套，寒风吹得她流出了一些清鼻涕。生活看来是很艰苦的。

是的，她们原是不必工作就可以食禀粟的人，今天清室没有了，一切荣华优渥的日子都像梦一样永远永远地去了，留下来的是面对着现实的生活！

像换洋取灯的老妇，可以说还是勇于以自己的劳力换取生活的人，她不必费很大的力气和本钱，只要每天早晨背着一个空筐子以及一些火柴、榧子儿、刨花就够了，然后她沿着小胡同这样叫唤着。

家里的废物：烂纸、破布条、旧鞋……一切可以扔到垃圾堆里的东西，都被宋妈收起来，所以从“换洋取灯儿的”换来的东西也都归宋妈。

一堆烂纸破布，就是宋妈和换洋取灯儿的老妇争执的焦点，甚至连一盒火柴、十颗榧子的生意都讲不成也说不定呢！

丹凤牌的火柴，红头儿，盒外贴着砂纸，一擦就送出火星，一盒也就值一个铜子儿。榧子儿是像桂圆核儿一样的一种植物的实，砸碎它，泡在水里，浸出黏液，凝滞如胶。刨花是薄木片，作用和榧子儿一样，都是旧式妇女梳头时用的，等于今天妇女做发后的“喷胶水”。

这是一笔小而又小的生意，换人家里的最破最烂的小东西，来取得自己最低的生活，王孙没落，可以想见。

而归宋妈的那几颗榧子儿呢，她也当宝贝一样，家里的破布烂纸如果多了，她也就会攒了更多的洋火和榧子儿，洋火让人捎回乡下她的家里。榧子儿装在一只妹妹的洋袜子里（另一只一定是破得不能再缝了，换了榧子儿）。

宋妈是个干净利落的人，她每天早晨起来把头梳得又光又亮，抹上了泡好的刨花或榧子儿，胶住了，做一天事也不会散落下来。

火柴的名字，那古老的城里，很多很多年来，都是被称作“洋取灯儿”，好像到了今天，我都没有改过口来。

“换洋取灯儿的”老妇人，大概只有一个命运最好的，很小就听说，四大名旦尚小云的母亲是“换洋取灯儿的”。有一年，尚小云的母亲死了，出殡时沿途许多人围观，我们住在附近，得见这位老妇人的死后哀荣。在舞台上婀娜多姿的尚小云，丧服上是一个连片胡子的脸，街上的人都指点着说，那是一个怎样的孝子，并且说那死者是一个怎样出身的有福的老太太。

在小说里，也读过唯有的一篇描写一个这样女人的恋爱故事，记得是许地山写的《春桃》，希望我没有记错。

1961年11月4日

一张地图

瑞君、亦穆夫妇老远地跑来了，一进门瑞君就快乐而兴奋地说：

“猜，给你带什么来了？”

一边说着，她打开了手提包。

我无从猜起，她已经把一叠纸拿出来了：

“喏！”她递给了我。

打开来，啊！一张崭新的北平全图！

“希望你看了图，能把文津街、景山前街连起来，把东西南北方向也弄清楚。”

“已经有细心的读者告诉我了，”我惭愧（但这个惭愧是快乐的）地说，“并且使我在回忆中去了一次北平图书馆和北海前面的团城。”

在灯下，我们几个头便挤在这张地图上，指着，说着。熟悉的地方，无边的回忆。

“喏，”瑞妹说，“曾在黄化门住很多年，北城的地理我才熟。”

于是她说起黄化门离帘子库很近，她每天上学坐洋车，都是坐停在帘子库的老尹的洋车。老尹当初是前清帘子库的总管，现在可在帘子库门口拉洋车。她们坐他的车，总喜欢问他哪一个门是当初的帘子库，皇宫里每年要用多少帘子？怎么个收藏法？他也得意地说给她们听，温习着他那些一去不回的老日子。

在北平，残留下来的这样的人物和故事，不知有多少。我也想起在我曾工作过的大学里的一个人物。校园后的花房里，住着一个“花儿把式”（新名词：园丁。说俗点儿：花儿匠），他镇日与花为伍，花是他的生命。据说他原是清皇室的一位公子哥儿，生平就爱养花，不想民国后，面对现实生活，他落魄得没办法，最后在大学里找到一个园丁的工作，总算是花儿给了他求生的路子，虽说惨，却也有些诗意。

整个晚上，我们凭着一张地图都在说北平。客人走后，家人睡了，我又独自展开了地图，细细地看着每条街，每条胡同，回忆是无法记出详细年月的，常常会由一条小胡同，一个不相干的感触，把思路牵回到自己的童年，想起我的住室，我的小床，我的玩具和伴侣……一环跟着一环，故事既无关系，年月也不衔接，思想就是这么个奇妙的东西。

第二天晏起了，原来就容易发疼的眼睛，因为看太久那细小的地图上的字，就更疼了！

1961年12月25日

蓝布褂儿

竹布褂儿，黑裙子，北平的女学生。

一位在南方生长的画家，有一年初次到北平。住了几天之后，他说，在上海住了这许多年，画了这许多年，他不喜欢一切蓝颜色的布。但是这次到了北平，竟一下子改变了他的看法，蓝色的布是那么可爱，北平满街骑车的女学生，穿了各种蓝色的制服，是那么可爱！

刚一上中学时，最高兴的是换上了中学女生的制服，夏天的竹布褂，是月白色——极浅极浅的蓝，烫得平平整整；下面是一条短齐膝盖头的印席绸的黑裙子，长统麻纱袜子，配上一双刷得一干二净的篮球鞋。用的不是手提的书包，而是把一叠书用一条捆书带捆起来。短头发，斜分，少的一边撩在耳朵后，多的一边让它半垂在鬓边，快盖住半只眼睛了。三五成群，或骑车或走路。哪条街上有个女子中学，哪条街就显得活泼和快乐，那是女学生的青春气息烘托出来的。

北平女学生冬天穿长棉袍，外面要罩一件蓝布大褂，这回是深蓝色。谁穿新大褂每人要过来打三下，这是规矩。但是那洗得起了白值儿的旧衣服也很好，因为它们是老伙伴，穿着也合身。记得要上体育课的日子吗？棉袍下面露出半截白色剔绒的长运动裤来，实在是很难看，但是因为人人这么穿，也就不觉得丑了。

阴丹士林布出世以后，女学生更是如狂地喜爱它。阴丹士林本是人造染料的一种名称，原有各种颜色，但是人们嘴里常常说的“阴丹士林色”多是指的青蓝色。它的颜色比其他布，更为鲜亮，穿一件阴丹士林大褂，令人觉得特别干净、平整。比深蓝浅些的“毛蓝”色，我最喜欢，夏秋或春夏之交，总是穿这个颜色的。

事实上，蓝布是淳朴的北方服装特色。在北平住的人，不分年龄、性别、职业、阶级，一年四季每人都有几件蓝布服装。爷爷穿着缎面的灰鼠皮袍，外面罩着蓝布大褂；妈妈的绸里绸面的丝棉袍外面，罩的是蓝布大褂；店铺柜台里的掌柜的，穿的布棉袍外面，罩的也是蓝布大褂，头上还扣着瓜皮小帽；教授穿的蓝布大褂的大襟上，多插了一支自来水笔，头上是藏青色法国小帽，很有学术气氛！

阴丹士林布做成的衣服，洗几次之后，缝线就变成很明显的白色了，那是因为阴丹士林布不褪色而线褪色的缘故。这可以证明衣料确是阴丹士林布，但却不知为什么一直没有阴丹士林线，忽然想起守着窗前方桌上缝衣服的大姑娘来了。一次订婚失败而终身未嫁的大姑娘，便以给人缝衣服，靠微薄的收入，养活自己和母亲。我们家姊妹多，到了秋深添置衣服的时候，妈妈总是买来大量的阴丹士林布，宋妈和妈妈两人做不来，总要叫我去把大姑娘找来。到了大姑娘家，大姑娘正守着窗儿缝衣服，她的老妈妈驼着背，咳嗽着，在屋里的小煤球炉上烙饼呢！

大姑娘到了我家里，总要待一下午，妈妈和她商量裁剪，因为孩子们是一年年地长高了。然后她抱着一大包裁好了的衣服回去赶做。

那年离开北平经过上海，住在娴的家里等船。有一天上街买东西，我习惯地穿着蓝布大褂，但是她却教我换一件呢旗袍，因为穿蓝布大褂上街买东西，会受店员歧视。在“只认衣裳不认人”的“洋场”，“自取其辱”是没人同情的啊！

1961年11月8日

第四章

那年北京还叫北平

说自己的话

北京厂甸的后面，有一家不错的照相馆，叫作“铸新”。小巧的门面，整洁的照相室，和气的照相师，高级的照相机。我们和妈妈被摆好姿势坐在照相机前面。于是照相师站在照相机旁，把那块红黑夹层的方形布蒙在他的头上，手伸在蒙布外面，举着带开关的绳索，郑重地命令下来：“好了，不要动，头抬一点儿，低一点儿，看这儿！”咔嚓一声，我们全进了相片啦！好紧张！

这个时节也许是过年，我们穿着整齐，先照相再逛厂甸儿。

出了照相馆，进了厂甸儿，可就自在喽！

“我要买噗噗蹬儿！”“我要吃艾窝窝！”“我要买大糖葫芦！”

我要这我要那的，妈不会全答应，噗噗蹬儿是薄玻璃制成的长喇叭，一个吹不好，就会把玻璃碴子吸进嗓子眼儿里，不扎死才怪！艾窝窝可以买，六个为限。大糖葫芦上全沾满了尘土，不许吃。就这样，一盒艾窝窝，一碗黑豌豆，一盘灌肠，一个小风筝，完成了我们过年照相和逛厂甸儿的新年娱乐。

有时照相是在我初进学堂、妈妈生日等纪念日。

妈妈喜欢整洁、爱美，每有节日，或什么纪念日，她都会给我们做新衣服（爸爸管买料子，他总是客家人的大男子主义的主张），爸爸买的质料绝对是高级的进口料子（我穿布洋装上学，他说那是外国乞丐，不许穿）。我有许多照片上的服装，至今还记得那颜色、那质料。今日养成爱穿讲究的衣料、好看的样式，是自幼以来父母给养成的，没话说。

于是喜欢照相从小小年纪就养成了，至今不悔。

那年月，哪里像现在，电脑、傻瓜……那么多花样儿。不过，在公共场合里，我们仍然可以照到相，像在中山公园、北海公园、万寿山、三贝子花园等名胜地方，还是有职业照相师，自备了照相机（仍然是那种小型的红黑布蒙头的），等候在公园里，等待着游客上前来问。即便是这样的照相，也照过不少，但那都是随着大人一起的。

再长大，照相机渐渐发达了，现在是日本相机最多，那时的科技可是以德国为最，有一架方形蔡司相机可了不起啦！带着女朋友四处炫耀，可美啦！但那可不是我，我不过是个中学生，没那么多闲钱买照相机啊！我是到了几乎交男友结婚的时候，才和丈夫苦哈哈地攒钱买一架“蔡司”的。

我爱上了照相，初中以后，就不再进“铸新”照相馆，它几时从我的记忆中失去，我也不记得了。

许多亲友都知道，我的照片本有一百多本，这百多本却几乎没有旧的相片，有也是极少的，因为我们从北平到台湾来，行李简单，除了必需用品几乎什么都没带来。但自从在台湾起，我就非常注意我的照相生活了。

想起失落在北平的照相本，我不知有多后悔，恨自己的愚笨，把那些照片从照片本上取下来，不就是薄薄的一袋而已吗？所以我的黄金时代——从五岁成长到三十一岁的成长时代照片就都不见了，两岸开放后，我和北平家人联络，还指望着找到那黄金时代的记录呢！

说实话，我那黄金时代的照片，就算是薄薄的一叠，也比现在的一百多本有价值——人生的价值——不知高多少啊！

啊！我的人生，和我的家人的成长记录，就这么消失了。

现在科技进步，相机的种类日新月异，人手一架算得了什么？少年朋友，你们生长在一个幸福的时代，但愿你们好好把握住这人生的一切，把它们向美好的方向记录下来！

骆驼队来了

骆驼队来了，停在我家的门前。

它们排列成一长串，沉默地站在那儿等候着。天气又干又冷，拉骆驼的摘下了他的毡帽，秃脑袋上冒着热气，是一股白色的烟，融入干冷的大气中。

爸爸和拉骆驼的讲价钱。每匹骆驼的双峰驼背上，都驮着两麻袋煤块。北平不产煤，也不是骆驼生长的地方，但是每年的冬天，在北平的大街小巷，都可以看见骆驼队伍。原来骆驼当作了载煤的交通工具。拉骆驼的说，他们（人和骆驼）是从门头沟来的，他们是一步一步走来的，门头沟才是产煤的地方。

爸爸跟他们讲好价钱了，买下骆驼队伍的全部煤块。另外一个拉骆驼的，就要招呼骆驼吃草料了。只见它们把前脚一屈，屁股一撅，就跪了下来。

人们开始卸煤，骆驼开始吃草。

我站在骆驼的面前，看它们吃草料咀嚼的样子：那样丑的脸，那样长的牙，那样安静的态度。它们咀嚼的时候，上牙和下牙交错地磨来磨去，大鼻孔里冒着热气，白沫子沾满在胡须上。我看得呆了，自己的牙齿也不由得动起来。

老师教我，要学骆驼，沉得住气。看它从不着急，慢慢地走，慢慢地嚼；总会走到的，总会吃饱的。也许它们天生是该慢慢的，偶然为躲避车子跑两步，姿势很难看。

骆驼队伍过来时，你会知道，打头儿的那一匹，长脖子底下总会连着一个铃铛，走起来，当当当地响。

“为什么要系一个铃铛？”我不懂的事就要问一问。

爸爸这样告诉我：“骆驼很怕狼，因为狼会咬它们，所以人类给它们戴上了铃铛，狼听见铃铛的声音，知道那是有人类在保护着，就不敢侵犯了。”

我的心里却充满了和大人不同的想法，我对爸爸说：

“不是的，爸！它们软软的脚掌，走在软软的沙漠上，没有一点点声音。爸，你不是说过，它们走上三天三夜都不喝一口水，只是不声不响地咀嚼着从胃里倒出来的食物吗？一定是拉骆驼的人类，耐不住那长途寂寞无声的旅程，所以才给骆驼戴上了铃铛，增加一些行路的情趣。”

爸爸想了想，笑笑说：“也许，你的想法更美些。”

冬天快过完了，春天就要来，太阳特别暖和，暖得让人想把身上的厚棉袄脱下来。可不是吗，骆驼也脱掉它的旧驼绒袍子啦！原来骆驼过了冬天，它的毛皮就会一大块一大块地从身上掉下来，垂在肚皮底下，我真想拿把剪刀替它们剪一剪，因为太不整齐了。拉骆驼的人也一样，他们身上的那件反穿大羊皮，也都脱下来，搭在骆驼背的小峰上。麻袋空了，煤块都卖光了，铃铛在轻松的步伐里响得更清脆。他们（人和骆驼）还是一步一步地再走回门头沟去，等待着下一个冬天再来了。

虎坊桥

常常想起虎坊大街上的那个老乞丐，也常想总有一天把他写进我的小说里。他很脏、很胖。脏，是当然的，可是胖子做了乞丐，却是在他以前和以后，我都没有见过的事。觉得和他的身份很不衬，所以才有了不可磨灭的印象吧！常在冬天的早上看见他，穿着空心大棉袄坐在我家的门前，晒着早晨的太阳在拿虱子。他的唾沫比我们多一样用处，就是食指放在舌头上舔一舔，沾了唾沫然后再去沾身上的虱子，把虱子夹在两个大拇指的指甲盖儿上挤一下，“嗒”的一声，虱子被挤破了。然后再沾唾沫，再拿虱子。听说虱子都长了尾巴了，好不恶心！

他的身旁放着一个没有盖子的砂锅，盛着乞讨来的残羹冷饭。不，饭是放在另一个地方，他还有一个黑脏油亮的帆布口袋，干的东西像饭、馒头、饺子皮什么的，都装进口袋里。他抱着一砂锅的剩汤水，仰起头来连扒带喝的，就全吃下了肚。我每看见他在吃东西，就往家里跑，我实在想呕吐了。

对了，他还有一个口袋。那里面装的是什么？是白花花的大洋钱！他拿好了虱子，吃饱了剩饭，抱着砂锅要走了，一站起身来，破棉裤腰里系着的这个口袋，往下一坠，洋钱在里面打滚儿的声音叮当响。我好奇怪，拉着宋妈的衣襟，指着那发响的口袋问：

“宋妈，他还有好多洋钱，哪儿来的？”

“哼，你以为是偷来的、抢来的吗？人家自个儿攒的。”

“自个儿攒的？你说过，要饭的人当初都是有钱的多，好吃懒做才把家当花光了，只好要饭吃。”

“是呀！可是要了饭就知道学好了，知道攒钱啦！”宋妈摆出凡事皆知的样子回答我。

“既然是学好，为什么他不肯洗脸洗澡，拿大洋钱去做套新棉袄穿哪？”

宋妈没回答我，我还要问：

“他也还是不肯做事呀？”

“你没听说吗？要了三年饭，给皇上都不当。”

他虽然不肯做皇上，我想起来了，他倒也在那出大殡的行列里打执事赚钱呢！烂棉袄上面套着白丧褂子，从丧家走到墓地，不知道有多少里路，他又胖又老，还举着旗呀伞呀的。而且，最要紧的是他腰里还挂着一袋子洋钱哪！这一身披挂，走那么远的路，是多么的吃力呢！这就是他荡光了家产又从头学好的缘故吗？我不懂，便要发问，大人们好像也不能答复得使我满意，我就要在心里琢磨了。

家住在虎坊桥，这是一条多姿多彩的大街，每天从早到晚所看见的事事物物，使我常常琢磨的人物和事情可太多了。我的心灵，在那小小的年纪里，便充满了对人世间现实生活的怀疑、同情、不平、感慨、兴趣……种种的情绪。

如果说我后来在写作上有怎样的方向时，说不定是幼年在虎坊桥居住的几年，给了我最初的对现实人生的观察和体验吧！

没有一条街包含了人生世相有这么多方面。在我幼年居住在虎坊桥的几年中，是正值北伐前后的年代。有一天下午，照例的，我们姊弟们洗了澡换了干净的衣服，便跟着宋妈在大门口上看热闹了。这时来了两个日本人，一个人拿着照相匣子，另一个拿着两面小旗，是青天白日旗。红、黄、蓝、白、黑五色旗刚刚成了过去。小日本儿会说日本式中国话，拿旗子的走过来笑眯眯地对我说：

“小妹妹的照相的好不好？”

我不知道这是怎么一回事，和妹妹直向后退缩。他又说：

“没有关系，照了相的我要大大的送给你的。”然后他看着我家的门牌号数，嘴里念念有词。

我看看宋妈，宋妈说话了：

“您这二位先生是——？”

“噢，我们的是日本的报馆的，没有关系，我们大大的照了相。”

大概看那两个人没有恶意的样子，宋妈便对我和妹妹说：“要给你们照就照吧！”

于是我和妹妹每人手上举着一面青天白日旗，站在门前照了一张相，当时也不知道究竟是为什么要这样照。等到爸爸回家时告诉了他，他不但没有生气，反而玩笑着说：

“不好喽，让人照了相寄到日本去，不定是做什么用哪，怎么办？”

爸爸虽然玩笑着说，我的心里却是很害怕，担忧着。直到有一天，爸爸拿回来一本画报，里面全是日本字，翻开来有一页里面，我和妹妹举着旗子的照片，赫然在焉！爸爸讲给我们听，那上面说，中国街头的儿童都举着他们的新旗子。这是一本日本人印行的记我国北伐成功经过的画册。

对于北伐这件事，小小年纪的我，本是什么也不懂的，但是就因为住在虎坊桥这个地方，竟也无意中在脑子里印下了时代不同的感觉。北伐成功的前夕，好像曾有那么一阵紧张的日子，黄昏的虎坊桥大街上，忽然骚动起来了，听说在选学生，而好客的爸爸，也常把家里多余的房子借给年轻的学生住，像“德先叔叔”（《城南旧事》小说里的人物）什么的，一定和那个将要迎接来的新时代有什么关系，他为了风声的关系，便在我家有了时隐时现的情形。

虎坊桥在北京政府时代，是一条通往最繁华区的街道，无论到前门，到城南游艺园，到八大胡同，到天桥……都要经过这里。因此，很晚很晚，这里也还是不断车马行人。早上它也热闹，尤其到了要“出红差”的日子，老早，街上就涌到各处来看“热闹”的人。出红差就是要把犯人押到天桥那一带去枪毙，枪毙人怎么能叫作看热闹呢？但是那时人们确是把这件事当作“热闹”来看的。他们跟在载犯人的车后面，和车上的犯人互相呼应地叫喊着，不像是要去送死，却像是一群朋友欢送的行列。他们没有悲悯这个将死的壮汉，反而是犯人喊一声：“过了十八年又是一条好汉！”群众就跟着喊一声：“好！”就像是舞台上的演员唱一句，下面喊一声好一样。每逢早上街上涌来了人群，我们就知道有什么事了，好奇的心理也鼓动着我，躲在门洞的石礅上张望着。碰到这时候，母亲要极力不使我们去看这种“热闹”，但是一年到头常常有，无论如何，我是看过不少了，心里也存下了许多对人与人间的疑问：为什么临死的人了，还能喊那些话？为什么大家要给他喊好？人群中有他的亲友吗？他们也喊好吗？

同样的情形，大的出丧，这里也几乎是必经的街道，因为有钱有势的人家死了人要出大殡，是所谓“死后哀荣”吧，所以必须选择一些大街来绕行，做一次最后的煊赫！沿街的商店有的在马路沿摆上了祭桌，披麻带孝的孝子步行到这里，叩个头道个谢，便使这家商店感到无上的光荣似的。而看出大殡的群众，并无哀悼的意思，也是抱着看热闹的心情，流露出对死后有这样哀荣，有无限羡慕的意思在。

而在那长长数里的行列中，有时会看见那胖子老乞丐的。他默默地走着，面部没有表情，他的心中有没有在想些什么？如果他在年轻时不荡尽了那些家产，他死后何尝不可以有这份哀荣，他会不会这么想？

欺骗的玩意儿，我也在这条街上看到了。穿着蓝布大褂的那个瘦高个子，是卖假当票的。因为常常停留在我家的门前，便和宋妈很熟，并不避讳他是干什么的。宋妈真奇怪，眼看着他在欺骗那些乡下人，她也不当回事，好像是在看一场游戏似的。当有一天我知道他是怎么回事时，便忍不住了，我绷着脸瞪着眼，手插着腰，气势汹汹地站在门口。卖假当票的竟说：

“大小姐，我们讲生意的时候，您可别说什么呀！”

“不可以！”我气到极点，发出了不平之鸣，“欺骗人是不可以的！”

我的不平的性格，好像一直到今天都还一样地存在着。其实，对所谓是非的看法，从前和现在，我也不尽相同。总之是人世相看多了，总不会不无所感。

也有最美丽的事情在虎坊桥，那便是春天的花事。常常我放学回来了，爸爸在买花，整担的花挑到院子里来，爸爸在和卖花的讲价钱，爸爸原来只是要买一盆麦冬草或文竹什么的，结果一担子花都留下了。卖花的拿了钱并不掉头走，他会留下来一面帮着爸爸往花池或花盆里种植，也一面和爸爸谈着花的故事。我受了勤勉的爸爸的影响，也帮着搬盆移土和浇水。

我早晨起来，喜欢看墙根下紫色的喇叭花展开了她的容颜，还有一排向日葵跟着日头转，黄昏的花池里，玉簪花清幽地排在那里，等着你去摘取。

虎坊桥的童年生活是丰富的，大黑门里的这个小女孩是喜欢思索的，许是这些，无形中导致了她走上以写作为快乐的路吧！

1961年7月

我的童玩

我的“小脚儿娘”

老九霞的鞋盒里，住着我心爱的“小脚儿娘”，正在静静地等着她的游伴——李莲芳的“小脚儿娘”。

夏日午后，院子里的榆树上，唧鸟儿（蝉）拉长了一声声“唧——唧——”的长鸣。虽然声音很响亮，但是因为单调，并不吵人，反而是妈妈带着小弟弟、小妹妹在这有韵律声音中，安然地睡着午觉。只有我一个人，在兴奋地等着李莲芳的到来——我们要玩小脚儿娘。

一放暑假，我就又做了几个新的小脚儿娘。一根洋火棍，几块小小的碎花布做成的小脚儿娘，不知道为什么给我那么大的快乐。

老九霞的鞋盒，是小脚儿娘的家；鞋盒里的隔间、家具，也都是我用丹凤牌的洋火盒堆隔成的。如果是床，上面就有我自己做的枕和被；如果是桌子，上面也有我剪的一块白布钩了花边的桌巾。总之，这个小脚儿娘的家，一切都是照我的理想和兴趣，最要紧的，这是以我艺术的眼光做成的。

最让人兴奋的是，中午吃饭的时候，我准备了一个用厚纸折成的菜盘，放在座凳我屁股旁边。等爸爸一吃完饭放下筷子离开饭桌时，我的菜盘就上了桌。我挟了炒豆芽儿、肉丝炒榨菜、白切肉等等，装满一盒子。当然，宋妈会在旁边瞪着我。不管那些了，牙签也带上几根，好当筷子用。

李莲芳抱着她的鞋盒来了。我们在阴凉的北屋套间里，展开了我们两家的来往。掀开了两个鞋盒，各拿出自己的小脚儿娘来。我用手捏着只有一条裤管脚和露出鞋尖的小脚儿娘，哆哆地走向李莲芳的鞋盒去，然后就是开门、让座。喝茶、吃东西、聊闹天儿。事实上，这一切都是我俩在说话。在喝茶、在吃中午留下来的菜。说的都是大人说的话，趣味无穷。因为在这一时刻，我们变成了家庭主妇，一个家的主妇，可以主动、可以发挥，最重要的是不受制于大人。

从六岁到六十岁

旧时女孩的自制玩具和游戏项目，几乎都是和她们学习女红、练习家事有关联的。所谓寓教育于游戏，正可以这么说。但这不是学校的教育课程，而是在旧时家庭中自然形成的。

我五岁自台湾随父母去北平，童年是在大陆北方成长的，已经是十足北方女孩子气了。我愿意从记忆中找出我童年的游乐，我的玩具和一去不回的生活。

昨天，为了给《汉声》写这篇东西，和做些实际的玩具，我跑到沉陵街去买丝线和小珠子，就像童年到北平绒线胡同的瑞玉兴去挑买丝线一样。但是想要在台北买到缠粽子用的丝绒线是不可能的了。我只好买些粗的丝线，和穿孔较大的小珠子，因为当年六岁的我，和现在六十岁的我，眼力的使用是不一样啊！

用丝线缠粽子，是旧时北方小姑娘用女红材料做的有季节性的玩具。先用硬纸做一个粽子形，然后用各色丝绒线缠绕下去。配色最使我快乐，我随心所欲地配各种颜色。粽子缠好后，下面做上穗子，也许穿上几颗珠子，全凭自己的安排。缠粽子是在端午节前很多天就开始了，到了端午节早已做好，有的送人，有的自己留着挂吊起来。同时做的还有香包，用小块红布剪成葫芦形、菱形、方形，缝成小包，里面装些香料。串起来加一个小小的粽子，挂在右襟纽绊上，走来走去，美不唧唧的。除了缠粽子以外，也还把丝绒线缠在卫生球（樟脑丸）上。总之，都成了艺术品了。

珠子，也是女孩子喜欢玩的自制玩物，它兼有女性学习做装饰品。我用记忆中的穿珠法，穿了一副指环、耳环、手环，就算是我六岁的作品吧！

捝子儿

北方的天气，四季分明。孩子们的游戏，也略有季节的和室内外的分别。当然大部分动态的在室外、静态的在室内。女孩子以女红兼游戏是在室内多，但也有动作的游戏，是在室内举行的，那就是“捝子儿”。

捝子儿的用具有多种，白果、桃核、布袋、玻璃球，都可以。但玩起来，他们的感觉不一样。白果和桃核，其硬度、弹性差不多。布袋里装的是绿豆，不是圆形固体，不能滚动，所以玩法也略有不同。玻璃球又硬、又滑，还可以跳起来，所以可以多一种玩法。

单数（五或七粒）的子儿，一把撒在桌上，桌上铺了一层织得平整的宽围巾，柔软适度。然后拿出一粒，扔上空，手随着就赶快捡上一颗，再扔一次，再捡一颗，把七颗都拣完，再撒一次，这次是同时捡两颗，再捡三颗的，最后捡全部的。这个全套做完是一个单元，做不完就输了。

女性的手比较巧于运用，当然是和幼年的游戏动作很有关系。记得读外国杂志说，有的外科医生学女人用两根针织毛线，就是为了练习手指运用的灵巧。

捝子儿，冬日玩得多，因为是在室内桌上。记得冬日在小学读书时，到了下课十分钟，男生抢着跑出教室外面野，女生赶快拿出毛线围巾铺在课桌上，捝起子儿来。

为了收集这些玩具给《汉声》，我买来一些白果，试着玩玩。结

千条！

果是扔上一颗白果，老花眼和略有颤抖的手，不能很准确地同时去捡桌上的和接住空中落下来的了。很悲哀呢！

除了挝子儿，在桌上玩的，还有“弹铁蚕豆儿”。顾名思义，蚕豆名铁，是极干极硬的一种。没吃以前，先用它玩一阵吧，一把撒在桌上，在两粒之中用小指立着划过去，然后捏住大拇指和食指，大拇指放出，以其中的一粒弹另外一粒，不许碰到别的。弹好，就可以捡起一粒算胜的，再接着做下去，看看能不能把全部的都弹光算赢了。

跳绳和踢毽子

这两项游戏虽是至今存在，不分地方和季节的，但是玩具就有不同。跳绳，当然基本是麻绳，后来有童子军绳和台湾的橡皮筋。我最喜欢的，却是小时候用竹笔管穿的跳绳。放了学到玻璃厂西门一家制笔作坊，去买做笔切下约寸长的剩余竹管，其粗细是我们用写中楷字的笔。很便宜地买一大包回来，用白线绳一个个穿成一条丈长的绳。这种绳子，无论打在硬土地上、砖地上，都会发出清脆的竹管声，在游戏中也兼听悦耳的声音。

跳双绳颇不易，有韵律，快速。但是在跳绳中捡铜子儿，也不简单。把一叠铜子儿放在地上（绳子落地碰不到的地方），每跳一下，低头弯腰下去捡起一个铜子儿，看你赶不赶得上又要跳第二下？又跳，又弯腰，又伸手抢钱，虽不是激烈运动，却是全身都动的运动呢！

踢毽子是自古以来的中国游戏，这玩具羽毛是基础，但是底下的托子却因时代而不同了。在我幼年时，虽然币制已经用钢板为硬币，但是遗留下来的制钱，还有很多用处，做毽子的底托，就是最好的。方孔洞，穿过一根皮带，把羽毛捆起来，就是毽子了。

自己做毽子，也是有趣的事。用色纸剪了当羽毛，秋天的大朵菊花当羽毛，都是毽子。而记忆中有一种为儿童初步学踢毽子的，叫“踢制钱儿”，两枚制钱用红头绳穿起来，刚好是小孩子的手持到脚的长度即可。小孩子提着它，一踢一踢的，制钱打着布鞋帮子，倒也很顺利。

踢毽子到学习花样儿的时候，有一个歌可以念、踢，照歌词做动作：“一个毽儿，踢两瓣儿。打花鼓，绕花线儿。里踢，外拐。八仙，过海。九十九，一百。”

念完，刚好踢十下，但是踢到第五下以后，就都是“特技”了！

活玩意儿

小姑娘和年幼的男孩，到了春天养蚕，也可以算“玩”的一种吧！到了春天，孩子们来索求去年甩在纸上的蚕卵，眼看着它出了黑点，并且动着，渐渐变白，变大。于是开始找桑叶，洗桑叶，擦干，撕成小块喂蚕吃。要吐丝了，用墨盒盖，包上纸，把几条蚕放上去，让它吐丝，仔细铲除蚕屎。吐够了做成墨盒里泡墨汁用的芯子，用它写毛笔字时，心中也很亲切，因为整个的过程，都是自己做的。

最意想不到的，北平住家的孩子，还有玩“吊死鬼儿”的。吊死鬼儿，是槐树虫的别名，到了夏季，大槐树上的虫子像蚕一样，一根丝，从树上吊下来，一条条的，浅绿色。我们有时拿一个空瓶，一双筷子，就到树下去一条条地夹下来放进瓶里，待夹了满满一瓶，看它们在瓶里蠕动，是很肉麻的，但不知为什么不怕。玩够了怎么处理，现在已经忘了。

雨后院子白墙上，爬着一个浅灰色的小蜗牛，它爬过的地方，因为黏液的经过，而变成一条银亮的白线路了。你要拿下来，谁知轻轻一碰，蜗牛敏感的触角就会缩回到壳里，掉落到地上，不出来了。这时，我们就会拉出了声音唱念着：

“水牛儿——水牛儿，先出犄角后出头。你妈——你爹，给你买烧饼羊肉吃呀！……”

又在春天的市场中，有卖金鱼和蝌蚪的，蝌蚪北平人俗叫“蛤蟆骨朵儿”。花含苞未开时叫“骨朵儿”，此言青蛙尚未长成之意。北平人活吞蝌蚪，认为清火。小孩子也常在卖金鱼挑子上买些蝌蚪来养，以为可以变成青蛙，其实玻璃瓶中养蝌蚪，是从来没有变成过青蛙的，但是玩活东西，总是很有意思的。

剪纸的日子

一张张四四方方彩色的电光纸，对折，对折，再对折，小小的剪子在上面运转自如地剪起各种花样。剪好了，打开来，心中真是高兴，又是一张创作，图案真美，自己欣赏好一阵子，夹在一本爸爸的厚厚的洋书里。

剪纸，并不是小学里的剪贴课，而是北方小姑娘的艺术生活之一。有时我们几个小女孩各拿了自己的一堆色纸，凑在一起剪，互相欣赏，十分心悦。

等到长大些，如果家中有了喜庆之事，像爷爷的生日，哥哥娶嫂子，到处都要贴寿字、双喜字，我们就抢不及地帮着剪，这时有创意的艺术字，就可以出现了。

1978年11月

排队的小演员

听复兴剧校叶复润的戏，身旁有人告诉我，当年富连成科班里也找不出一个像叶复润这样小年纪，便有这样成就的小老生。听说叶复润只有十四足岁，但无论是唱工还是做派，都超越了一般“小孩戏剧家”的成绩。但是在那一群孩子里，他却特别显得瘦弱、娇小。固然唱老生的外形要“清瘦”才有味道，但是对于一个正在发育期的小孩子，毕竟是不健康的。剧校当局是不是注意到每一个发育期的孩子的健康呢？

这使我不由得想起当年家住在虎坊桥大街上的情景。

虎坊桥大街是南城一条重要的大街，尤其在迁都南京前的北京，它更是通往许多繁荣地区的必经之路。幼年幸运地曾在这条街上住了几年，也是家里最热闹的时期。这条大街上有小学、会馆、

理发馆、药铺、棺材铺、印书馆，还有一个造就了无数平剧人才的富连成科班。

富连成只在我家对面再往西几步的一个大门里。每天晚饭前后的时候，他们要到前门外的广和楼去唱戏。坐科的孩子按矮高排队，领头儿的是位最高的大师兄，他是个唱花脸的，头上剃着月亮门儿。夏天，他们都穿着月白竹布大褂儿，老肥老肥的，袖子大概要比手长出半尺多。天冷加上件黑马褂儿，仍然是老肥老肥的，袖子比手长出半尺多！

他们出了大门向东走几步，就该穿过马路，而正好就经过我家门前。看起来，一个个是呆板的、迟钝的、麻木的，谁又想到他们到了台上就能演出那样灵活、美丽、勇武的角色呢！

那时的富连成在广和楼演出，这是一家女性不能进去的戏院，而我那时跟着大人们听戏的区域是城南游艺园，或者开明戏院，第一舞台。很早就对富连成有印象，实在是看他们每天由我家门前经过的关系。等到后来富连成风靡了北平的男女学生，我也不免想到，在那一队我幼年所见到的可怜的孩子群里，不就有李盛藻、刘盛莲、杨盛春吗？

富连成是以严厉出名的，但是等到以新式学校制度的戏曲学校出现以后，富连成虽仍以旧式教育出名，但是有些地方也不能不改进了。戏曲学校用大汽车接送学生到戏院以后，富连成的排队步行也就不复再见。否则的话，学生戏迷们岂不要每天跟着他们的队伍到戏院去？

而我们那时也搬离开虎坊桥，城南游艺园成了屠宰场，我们听戏的区域也转移到哈尔飞、吉祥，以及长安和新新等戏院了。

1961年11月9日

陈谷子、烂芝麻

如姐来了电话，她笑说：“怎么，又写北平哪！陈谷子，烂芝麻全掏出来啦！连换洋取灯儿的都写呀！除了我，别人看吗？”

我漫写北平，是因为多么想念她，写一写我对那地方的情感，情感发泄在格子稿纸上，苦思的心情就会好些。它不是写要负责的考据或掌故，因此我敢“大胆地假设”。比如我说花汉冲在煤市街，就有细心的读者给了我“小心地求证”，他画了一张地图，红蓝分明地指示给我说，花汉冲是在煤市街隔一条街的珠宝市，并且画了花汉冲的左邻谦祥益布店，右邻九华金店。如姐，谁说没有读者呢？不过读者并不是欣赏我的小文，而是借此也勾起他们的乡思罢了！

很巧地，我向一位老先生请教一些北平的事情时，他回信来说：“……早知道这些陈谷子、烂芝麻是有用的话，那咱们多带几本这一

类的图书，该是多么好呢？”

原来我所写的，数来数去，全是陈谷子、烂芝麻呀！但是我是多么喜欢这些呢！

陈谷子、烂芝麻，是北平人说话的形容语汇，比如闲话家常，提起早年旧事，最后总不免要说：“唉！左不是陈谷子、烂芝麻！”言其陈旧和琐碎。

真正北平味道的谈话，加入一些现成的形容语汇，非常合适和俏皮，这是北平话除了发音正确以外的一个特点，我最喜欢听。想象那形容的巧妙，真是可爱，这种形容语汇，很多是用“歇后语”说出来，但是像“陈谷子、烂芝麻”便是直接的形容语，不用歇后语的。

做事故意拖延迟滞，北平人用“蹭棱子”来形容，蹭是磨擦，棱是物之棱角。比如妈妈嘱咐孩子去做一件事，孩子不愿意去，却不明说，只是拖延，妈妈看出来了，就可以责备说：“你倒是去不去？别在这儿尽跟我蹭棱子！”

或者做事痛快的某甲对某乙说：“要去咱们就痛痛快快儿地去，我可不喜欢蹭棱子！”

听一个说话没有条理的人述说一件事的时候，他反复地说来说去时，便想起这句北平话：

“车轱辘话——来回地说。”

轱辘是车轮。那车轮轧来轧去，地上显出重复的痕迹，一个人说话翻来覆去，不正是那个样子吗？但是它也运用在形容一个人在某甲和某乙间说一件事，口气反复不明。如：“您瞧，他跟您那么说，跟我可这么说！反正车轱辘话，来回说吧！”

负债很多的人，北平人喜欢这样形容：“我该了一屁股两肋的债呀！”

我每逢听到这样形容时，便想象那人债务缠身的痛苦和他焦急的样子。一屁股两肋，不知会说俏皮话儿的北平人是怎么琢磨出来的，而为什么这样形容时，就会使人想到债务之多呢？

1961年11月14日

文津街

常自夸说，在北平，我闭着眼都能走回家，其实，手边没有一张北平市区图，有些原来熟悉的街道和胡同，竟也连不起来了。只是走过那些街道所引起的情绪，却是不容易忘记的。就说，冬日雪后初晴，路过驾在北海和中海的金鳌玉靓桥吧，看雪盖满在桥两边的冰面上，一片白，闪着太阳的微微的金光，漪澜堂到五龙亭的冰面上，正有人穿着冰鞋滑过去，飘逸优美的姿态，年轻同伴的朝气和快乐，觉得虽在冬日，也因这幅雪漫冰面的风景，不由得引发起我活跃的心情，赶快回家去，取了冰鞋也来滑一会儿！

在北平的市街里，很喜欢傍着旧紫禁城一带的地方，蔚蓝晴朗的天空下，看朱红的墙，因为唯有在这一带才看得见。家住在南长街的几年，出门时无论是要到东、西、南、北城去，都会看见这样朱红的墙。要到东北的方向去，洋车就会经过北长街转向东去，到了文津街了，故宫的后门，对着景山的前门，是一条皇宫的街，总是静静的，没有车马喧哗，引发的是思古之幽情。

景山俗称煤山，是在神武门外旧宫城的背面，很少人到这里来逛，人们都涌到附近的北海去了。就像在中山公园隔壁的太庙一样，黄昏时，人们都挤进中山公园乘凉，太庙冷清清的，只有几个不嫌寂寞的人，才到太庙的参天古松下品茗，或者静默地观看那几只灰鹤（人们都挤在中山公园里看孔雀开屏了）。

景山也实在没有什么可“逛”的，山有五峰，峰各有亭，站在中峰上，可以看故宫平面图，倒是有趣的，古建筑很整齐庄严，四个角楼，静静地站在暮霭中，皇帝没有了，他的卧室，他的书房，他的一切，凭块儿八毛的门票就可以一览无遗了。

做小学生的时候，高年级的旅行，可以远到西山八大处，低年级的就在城里转，景山是目标之一，很小很小的时候，就年年一次排队到景山去，站在刚上山坡的那棵不算高大的树下，听老师讲解：一个明朝末年的皇帝——思宗，他殉国死在这棵树上。怎么死的？上吊。啊！一个皇帝上吊了！小学生把这件事紧紧地记在心中。后来每逢过文津街，便兴起那思古的幽情，恐怕和幼小心灵中所刻印下来的那几次历史凭吊，很有关系吧！

1961年11月20日

挤老米

读了朱介凡先生的“晒暖”，说到北方话的“晒老爷儿”“挤老米”，又使我回了一次冬日北方的童年。

冬天在北方，并不一定是冷得让人就想在屋里烤火炉。天晴，早上的太阳光晒到墙边，再普照大地，不由得就想离开火炉，还是去接受大自然所给予的温暖吧！

通常是墙角边摆着几个小板凳，坐着弟弟妹妹们，穿着外罩蓝布大褂的棉袍，打着皮包头的毛窝，宋妈在哄他们玩儿。她手里不闲着，不是搓麻绳纳鞋底（想起她那针锥子要扎进鞋底子以前，先在头发里划两下的姿态来了），就是缝骆驼鞍儿的鞋帮子。不知怎么，在北方，妇女有做不完的针线活儿，无分冬夏。

离开了北平，无论到什么地方，都莫辨东西，因为我习惯的是古老方正的北平城，她的方向正确，老爷儿（就是太阳）早上是正正地从每家的西墙照起，玻璃窗四边，还有一圈窗户格，糊的是东昌纸，太阳的光线和暖意都可以透进屋里来。在满窗朝日的方桌前，看着妈妈照镜子梳头，把刨花的胶液用小刷子抿到她的光洁的头发上。小几上的水仙花也被太阳照到了。它就要在年前年后开放的。长方形的水仙花盆里，水中透出雨花台的各色晶莹的彩石来。或者，喜欢摆弄植物的爸爸，他在冬日，用一只清洁的浅磁盆，铺上一层棉花和水，撒上一些麦粒，每天在阳光照射下，看它渐渐发芽苗长，生出翠绿秀丽的青苗来，也是冬日屋中玩赏的乐趣。

孩子们的生活当然大部分是在学校。小学生很少烤火炉（中学女学生最爱烤火炉），下课休息十分钟都跑到教室外，操场上。男孩子便成群地涌到有太阳照着的墙边去挤老米，他们挤来挤去，嘴里大声喊着：

挤呀！挤呀！

挤老米呀！

挤出屎来喂喂你呀！

这样又粗又脏的话，女孩子是不肯随便乱喊的。

直到上课铃响了，大家才从墙边撤退，他们已经是浑身暖和，不但一点寒意没有了，摘下来毛线帽子，光头上也许还冒着白色的热气儿呢！

卖冻儿

如果说北平样样我都喜欢，并不尽然。在这冬寒天气，不由得想起了很早便进入我的记忆中的一种人物，因为这种人物并非偶然见到的，而是很久以来就有的，便是北平的一些乞丐。

回忆应当是些美好的事情，乞丐未免令人扫兴，然而它毕竟是在我生活中所常见到的人物，也因为那些人物，曾给了我某些想法。

记得有一篇西洋小说，描写一个贫苦的小孩子，因为母亲害病不能工作，他便出来乞讨，当他向过路人讲出原委的时候，路人不信，他便带着人到他家里去看看，路人一见果然母病在床，便慷慨解囊了。小孩子的母亲从此便“弄真成假”，天天假病在床，叫小孩子到路上去带人回来“参观”。这是以小孩子和病来骗取人类同情心的故事。这种事情是什么时候、什么地方都可以发生的，像在台北街头，妇人教小孩子缠住路人买奖券，便是类似的作风。这些使我想起北平一种名为“卖冻儿”的乞丐。

寒冬腊月，天气冷得泼水成冰，“卖冻儿”的（都是男乞丐）出世了，蓬着头发，一脸一身的滋泥儿，光着两条腿，在膝盖的地方，捆上一圈戏报子纸。身上也一样，光着脊梁，裹着一层戏报子纸，外面再披上一两块破麻包。然后，缩着脖子，哆哩哆嗦的，牙打着战儿，逢人伸出手来乞讨。以寒冷无衣来博取人的同情与施舍。然而在记忆中，我从小便害怕看那样子，不但不能引起我的同情，反而是憎恶。这种乞丐便名为“卖冻儿”。

最讨厌的是宋妈，我如果爱美不肯多穿衣服，她便要讽刺我：

“你这是干吗？卖冻儿呀？还不穿衣服去！”

“卖冻儿”由于一种乞丐的类型，而成了一句北平通用的俏皮话儿了。

卖冻儿的身上裹的戏报子纸，都是从公共广告牌上揭下来的，各戏院子的戏报子，通常都是用白纸红绿墨写成的，每天贴上一张，过些日子，也相当厚了，揭下来，裹在腿上身上，据说也有保温作用。

至于拿着一把破布掸子在人身上乱掸一阵的乞妇，名“掸孙儿”；以砖击胸行乞的，名为“搐砖”，这等等类型乞丐，我记忆虽清晰，可也是属于陈谷子、烂芝麻，说多了未免令人扫兴，还是不去回忆他们吧！

1961年12月9日

台上、台下

礼拜六的下午，我常常被大人带到城南游艺园去。门票只要两毛（我是挤在大人的腋下进去的，不要票）。进去就可以有无数的玩处，唱京戏的大戏场，当然是最主要的，可是那里的文明戏，也一样地使我发生兴趣，小鸣钟，张笑影的《锯碗丁》《春阿氏》，都是我喜爱看的戏。

文明戏场的对面，仿佛就是魔术场，看着穿燕尾服的变戏法儿的，随着音乐的旋律走着一颠一跳前进后退的特殊台步，一面从空空的大礼帽中掏出那么多的东西：花手绢、万国旗、面包、活兔子、金鱼缸，这时乐声大奏，掌声四起，在我小小心灵中，只感到无限的愉悦！觉得世界真可爱，无中生有的东西这么多！

我从小就是一个喜欢找新鲜刺激的孩子，喜欢在平凡的事物中给自己找一些思想的娱乐，所以，在那样大的一个城南游艺园里，不光是听听戏，社会众生相，也都可以在这天地里看到：美丽、享受、欺骗、势利、罪恶……但是在一个无忧无虑的小女孩的观感中，她又能体会到什么呢？

有些事物，在我的记忆中，是清晰得如在目前一样，在大戏场的木板屏风后面的角落里，茶房正从一大盆滚烫的开水里，拧起一大把毛巾，送到客座上来。当戏台上是不重要的过场时，茶房便要表演“扔手巾把儿”的绝技了，楼下的茶房，站在观众群中惹人注目的地位，把一大捆热手巾，忽下子，扔给楼上的茶房，或者是由后座扔到前座去，客人擦过脸收集了再扔下来，扔回去。这样扔来扔去，万无一失，也能博得满堂喝彩，观众中会冒出一嗓子：“好手巾把儿！”

但是观众与茶房之间的纠纷，恐怕每天每场都不可免，而且也真乱哄。当那位女茶房硬把果碟摆上来，而我们硬不要的时候，真是一场无味的争执。茶房看见客人带了小孩子，更不肯把果碟拿走了。可不是，我轻轻地，偷偷地，把一颗糖花生放进嘴吃，再来一颗，再来一颗，再来一颗，再来一颗，等到大人发现时，去了大半碟儿了，这时不买也得买了。

茶，在这种场合里也很要紧。要了一壶茶的大老爷，可神气了，总得发发威风，茶壶盖儿敲得呱呱山响，为的是茶房来迟了，大爷没热茶喝，回头怎么捧角儿喊好儿呢！包厢里的老爷们发起脾气来更有劲儿，他们把茶壶扔飞出去，茶房还得过来赔不是。那时的社会，卑贱与尊贵，是强烈的对比着。

在那样的环境里：台上锣鼓喧天，上场门和下场门都站满了不相干的人，饮场的、检场的、打煤气灯的、换广告的，在演员中穿来穿去。台下则是烟雾弥漫，扔手巾把儿的、要茶钱的、卖玉兰花的、飞茶壶的、怪声叫好的、呼儿唤女的，乱成一片。我却在这乱哄哄的场面下，悠然自得。我觉得在我的周围，是这么热闹，这么自由自在。

1961年12月15日

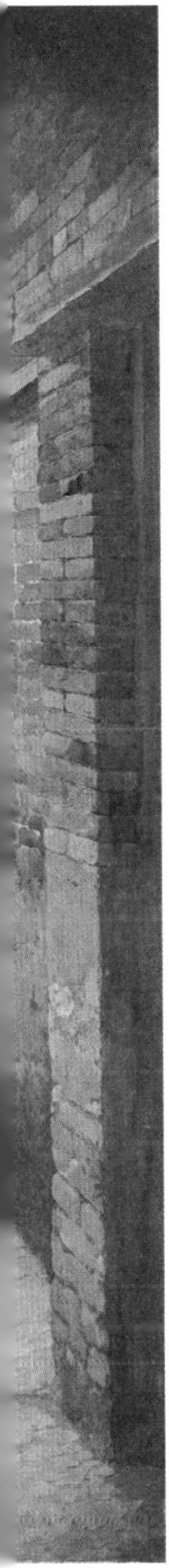

蔡家老屋

夏天的晚上，坐在院子里的大树下，听叔叔、婶婶、舅妈们讲故事，是我们最高兴的事了。

在各式各样的故事里，鬼故事最好听，无论重复讲多少次，我们都不嫌多。

我知道，你也喜欢听鬼故事。

有一个最好听的鬼故事，是发生在蔡公公的家里。

在镇的尽头，通到田里的路上，有一栋红瓦的楼房，据说那是蔡公公的爸爸的爸爸的爸爸盖的。样式虽然古老而陈旧，但在院子里有几棵老榕树，一个丝瓜架和一口古井，房子四周有竹篱笆围着，倒是一个干干净净的小田庄。

事情就发生在去年春天。

不知道从哪一天开始的，蔡家的人常常在半夜里，听见有人在这栋房里走来走去。声音很清楚，像是穿着皮鞋，又像是木屐。有时走得很快，有时又很慢。

最初蔡公公以为是蔡伯伯，蔡伯伯以为是蔡姑姑，蔡姑姑以为是蔡伯母。到后来知道谁都不是，大家才害怕起来。

这走路的声音，闹了很久，最后大家认定是——

闹鬼！

蔡家用了许多方法来驱鬼，但是一点儿用处也没有。

鬼还是在每天半夜里，穿了不知是什么的鞋子，来到蔡家。而且就毫不客气地在楼上、楼下、楼前、楼后走动。害得蔡家的人，每听到走路声，就躲在各人房里不敢出来。

蔡家闹的鬼只有一个，但是却有几个不同的传说。

叔叔是这样说的：

蔡公公年轻的时候，一个人到省城去读书，在那里认识一个美丽而温柔的兰姑娘，蔡公公偷偷地和她结了婚，没有告诉父母。过了几年，蔡公公的父母叫他回来，原来是要给他娶一房媳妇。

蔡公公不敢违背父母的命令，也不敢说出他已经娶了一个兰姑娘。

几年以后，听说兰姑娘因为忧郁而病死了。

蔡公公每天晚上都要读书到深夜，这是他几十年来的习惯。他读书的时候，还喜欢一边读一边剥着花生吃，所以常常留在书桌上一堆花生壳。

那些日子虽然在闹鬼，蔡公公照样读他的书。

有一天，他很疲倦，竟坐在书桌前蒙眬地睡了一觉。醒来时，桌上的花生壳忽然不见了，而他所坐的椅子后面，响起了大家所传说的走路声！他不敢回头去看是什么人，但是那“咯噔咯噔”的皮鞋声，使他想起了一个女人。

他终于忍不住地对那走路声说：

“兰姑娘，谢谢你把花生壳收拾干净。这些日子闹得我们一家人不安宁的，原来就是你啊？我知道当初我很对不起你，但是你也一定知道我的苦衷。现在我明白你的来意了。”

第二天，蔡公公就给兰姑娘立了一个牌位，供在祠堂里，算是正式把兰姑娘迎进来，做了蔡家的人。

所以叔叔说，这个鬼，就是省城来的兰姑娘。

婶婶说的不一样，她这样说：

从蔡家往前走几十步，不就是种菜的庆妹家吗？

庆妹真是一个好孩子。她长得漂亮，又乖巧，又健康，嘴也甜，见了人总是叔叔、婶婶地叫。大家都很喜欢她。

蔡家姑姑可就不同了。她很骄傲，不喜欢理睬人，谁要是比她强一点点，都是会惹起她的忌恨。

蔡家姑姑就是看不得庆妹对人这么有礼貌。大家都对庆妹这么好，她也生气。她用不屑的眼光看庆妹，庆妹还是对她笑眯眯的。人

家都说庆妹一定会嫁一个好丈夫，谁又知道她是这么短命呢！

去年春天，水很缺乏，菜园的灌溉都成了问题，所以庆妹每天都挑两个竹筒，到蔡家来打水。井虽然很浅，但每次庆妹都要弯下身子向井里探望探望。

那一天庆妹又来打水，她正向着井口探望的时候，蔡家姑姑忽然大声地喊：

“又来我们家打水！”

不知道是喊得太突然，吓着庆妹了，还是庆妹自己不小心，跟着蔡家姑姑的喊声，她的身体失去了平衡，就掉到井里去了。

蔡家姑姑住在楼上。有一天晚上，她的衣服放在床边的凳子上，竟随着那奇怪的走路声，拖到楼下的地板上去了。

蔡姑姑说那一定是庆妹，挑着那副打水的竹筒子来了，竹筒子打着楼梯，所以才发出那种声音。

她又说，庆妹一定是因为浸在井里太冷了，所以拿走她的衣服穿。

于是，蔡家为庆妹糊了许多纸的冥衣，在井边烧给她。并且请了道士来做法，说是可以把庆妹的鬼魂，引回她自己的家去。

所以婶婶说，那个鬼，就是来打水的庆妹。

舅妈说的跟他们都不一样，她说：

蔡家伯母结婚时，从娘家带来一个陪嫁的丫头，叫杏花，但是蔡伯母并不喜欢杏花。

杏花整天站在蔡伯母的身边挨骂，她没有一件事能做得使女主人满意的。

杏花炒的菜，不是太咸，就是太淡；杏花铺床叠被，不是太早，就是太晚；蔡伯母嫌杏花太馋，认为她到厨房去，就是偷东西吃；蔡伯母嫌杏花太笨，认为她洗的衣服都不干净，已经晾到竹竿上，也要拿下来重洗。

十六岁的杏花，被折磨得生了病。谁又能伺候一个生病的丫头呢？所以蔡伯母叫杏花家里的人来把她接回去。可是杏花并不愿意回她那贫苦的家里去，那样会增加父母的负担。杏花走时哭哭啼啼的，

回家不久就病死了。

自从蔡家闹鬼以后，蔡伯母就心神不安。她说她听得出来，那一定是杏花穿木屐走路的声音。又说杏花做了鬼，还是和生前一样笨手笨脚，到了厨房里，就把碗橱里的碗碰到地上摔碎。又说杏花还是一个馋鬼，偷饭偷菜吃，洒得满桌子都是饭菜。

从前不肯让杏花吃饱的蔡伯母，现在竟摆了满桌的饭菜祭供杏花，说是请杏花吃饱了，赶快离开这里，不要再来厨房捣乱了。

所以舅妈说，那个鬼，就是蔡伯母的丫头杏花。

但是不管哪个人说得对，蔡家的鬼并没有赶走，反而闹得更凶了。最后，他们全家不得不搬离这栋住了几代的红瓦楼房。

本来就陈旧的楼房，现在变得破烂了，它孤立在路边上，显得很荒凉。篱笆吹倒了，野草长高了，满地落叶没人扫，井边布满了鸟粪。

这样一来，就更像是闹鬼的房子了。

大表哥新从省城的大学毕业回来，也加入了听鬼故事的队伍。

大表哥听了几次蔡家的鬼故事以后，有一天，他忽然对大家说，要到蔡家的空楼去看看鬼！

叔叔、舅妈们听说后，都吓坏了。他们警告大表哥说：去不得！去不得！那是个年轻的女鬼，会把英俊的大表哥的魂勾了去。

大表哥认为不会的，因为他们所说的鬼，在生前都是善良的女孩子。他预备去看看到底她是谁？是兰姑娘？是庆妹？还是杏花？

大表哥问我们，谁愿意跟他去捉美丽的女鬼？起初我们很害怕，谁也不肯去，但是后来还是被大表哥说动了心。

那天晚上，我们向各人的妈妈撒了一个小小的谎，说是到另一个同学家去做功课，并且要住在同学家。

其实，我们都跟着大表哥到蔡家的空楼房去了。

破旧的老屋，到处都是灰尘和蜘蛛网，地板走起来，咯吱咯吱地响，说话也有了回声，好一个恐怖的地方！

大表哥提着灯走在前面，我们轻轻地跟在后面，一步一步地上了楼。

我们停留在原来蔡公公的书房里。

大表哥把灯放在书桌上。他告诉我们说，如果听见有走路的声音，不用害怕，也不要喊叫，一切都听他的命令。

大家很紧张，很害怕，也很兴奋。

过了很久很久，这栋楼房竟一点鬼的动静也没有。大家原来紧张害怕的心，也松了下来。我们竟觉得很失望，这里并没有鬼可看，还不如回家去睡觉呢！

可是就在这时候，那“咯噔咯噔”的走路声，终于从楼下传来了！

她一步一步地上了楼，她一步一步地走向书房里来！

门是开着的，我们都躲在门后面。

真害怕！我们挤成一圈围住大表哥。

99
高来倚青雲
信箱
書報

这时候我们倒希望她不要进来，希望她到别的房子去！

可是，那走路声越来越近了，她真的追来啦！

砰！

大表哥关上门了！

我们不敢看她是谁，闭上眼睛，胳膊紧抱着自己的头和脸。

大表哥哈哈地大笑：

“快看哪！是谁来了？欢迎兰姑娘！欢迎庆妹！欢迎杏花！”

我们都转过身来，睁开了眼睛：

原来是它！

它的尾巴被捕鼠器夹住了，所以它每天夜里拖着这小木板到处走，弄出奇怪的走路声来。

大表哥说：

“世界上实在并没有鬼，只是因为蔡家的每一个人都做了惭愧的事，心中时时不安，所以才疑心生暗鬼。但是鬼故事确实很好听。走，咱们赶快回去，现在还赶得上给他们讲一个更有趣的鬼故事！”

六百三十五条龙

奶奶虽然不是北京人，却是在北京长大的。五岁就去了，三十一岁才回到台湾来，在北京那个古老的、世界上有名的古都住了二十六年，所以那儿的一切一切，奶奶都熟悉极了。北京因为是历代王朝的皇都，所以古迹、名胜、园景特别多，奶奶几乎没有没去过的，除了喇嘛庙雍和宫。我自己也觉得很奇怪，怎么只有这处名刹没去过呢？所以前年到北京探亲旅游，就把雍和宫列入日程了。

其他呢，所知道的地方可多了，今天我要写一处很有名的地方，那就是北海公园。北海公园在北京的市中心，故宫所在地的附近，除了北海还有中南海、中山公园、太庙、景山等，是现在到北京旅游必选之地。我相信你们的父母、祖父母，如果到大陆旅游都曾去过，说不定也带你去过。那么你到过北海吗？

我既自幼成长在北京，北海又在市中心，交通很方便，是假日必去之地，春季看花，夏季在荷花湖中划船，冬季呢，湖中结了冰，我们就在天然冰上滑冰，度过最快乐的周末及寒假。

从漪澜堂换上冰鞋，能直接滑到对岸的五龙亭。漪澜堂和五龙亭都有北京的点心餐饮，歇息下来就吃点儿、喝点儿，天快黑了，才换下冰鞋回家，或者有兴趣再到电影院看场电影。在北京像这样的休闲生活，二十多年下来，不知有多少次！

北海里面，有老远就看见的白塔，而它旁边的围城玉佛也是可看的。我最欣赏的还是那座九龙壁，你们一定听过这名字。它是一条用彩色琉璃砖砌成的大墙壁，是明朝建成的。

九龙壁非常光彩耀人，游人到这里欣赏都会驻足观赏很久，也会在这儿拍个影留念，所以到过这儿的游人，每人都存有在九龙壁前的照片吧！奶奶这次去就拍了一些。

九龙壁高五公尺，厚一公尺半。两面各有九条蟠龙，龙的造型非常活泼，姿态很美。每两条龙中间，造了一个大珠球，就是所谓的双龙戏珠。龙戏珠于汹涌波涛和上空的朵朵云层中，你远看其姿态，近观其精工，它真像是要翻腾出这面墙壁飞舞上天了。有人就曾写诗形容说：“始信人间造物功，果然鬼斧夺天工。不知何日春雷动，破壁飞腾上碧空。”

还有呢，在壁的正脊、垂脊、盖瓦等地方也都大大小小的是龙形造成，总共有六百三十五条之多，人们都没仔细看，所以只看见九大条。

也许有人问，这道九龙壁是做什么用的？只是为观赏吗？这样造在屋外的一面壁，我们叫它“影壁”，就是我们常说的屏风的意思，不过屏风是在屋内用的。都是为了阻挡所用。据说它是明朝万历年的神宗时造的。神宗的母亲李艳妃信喇嘛教，她在宫内建筑了多处殿、楼、阁为供奉佛像，又在北海建经厂，作为译经书、印经书的厂房，为了要镇住火神，预防经厂失火，所以在门前筑了这面大琉璃彩壁，上面有五色蟠龙和海水。本来经厂内还有许多名贵的佛教书籍、佛像等，但不幸在八国联军侵入后，抄拿抢夺，把稀世名贵珠宝、艺术品等洗劫一空。所以现在我们只能欣赏这面屹立千百年的九龙壁了。

秋的气味

秋天来了，很自然地想起那条街——西单牌楼。

无论从哪个方向来，到了西单牌楼，秋天，黄昏，先闻见的是街上的气味。炒栗子的香味弥漫在繁盛的行人群中，赶快朝向那熟悉的地方看去，和兰号的伙计正在门前炒栗子。和兰号是卖西点的，炒栗子也并不出名，但是因为它在街的转角上，首当其冲，就不由得就近去买。

来一斤吧！热栗子刚炒出来，要等一等，倒在箩中筛去裹糖汁的砂子。在等待秤包的时候，另有一种清香的味儿从身边飘过，原来眼前街角摆的几个水果摊子上，啊！枣、葡萄、海棠、柿子、梨、石榴……全都上市了。香味多半是梨和葡萄散发出来的。沙营的葡萄，黄而透明，一出两截，水都不流，所以有“冰糖包”的外号。京白梨，细而嫩，一点儿渣儿都没有。“鸭儿广”柔软得赛豆腐。枣是最普通的水果，朗家园是最出名的产地，于是无枣不朗家园了。老虎眼、葫芦枣、酸枣，各有各的形状和味道。“喝了蜜的柿子”要等到冬季，秋天上市的是青皮的脆柿子，脆柿子要高桩儿的才更甜。海棠红着半个脸，石榴笑得露出一排粉红色的牙齿。这些都是秋之果。

抱着一包热栗子和一些水果，从西单向宣武门走去，想着回到家里在窗前的方桌上，就着暮色中的一点光亮，家人围坐着剥食这些好吃的东西的快乐，脚步不由得加快了。身后响起了当当的电车声，五路车快到宣武门的终点了。过了绒线胡同，空气中又传来了烤肉的香味，是安儿胡同口儿上，那间低矮窄狭的烤肉宛上人了。

门前挂着清真的记号，它们是北平许多著名的回教馆中的一个，秋天开始，北平就是回教馆子的天下了。矮而胖的老五，在案子上切牛羊肉，他的哥哥老大，在门口招呼座儿，他的两个身体健康、眼睛明亮、充分表现出回教青年精神的儿子，在一旁帮着和学习着剔肉和切肉的技术。炙子上烟雾弥漫，使原来就不明的灯更暗了些，但是在这间低矮、烟雾的小屋里，却另有一股温暖而亲切的感觉，使人很想进去，站在炙子边举起那两根大筷子。

老五是公平的，所以给人格外亲切的感觉。它原来只是一间包子铺，供卖附近居民和路过的劳动者一些羊肉包子。渐渐地，烤肉出了名，但它并不因此改变对主顾的态度。比如说，他们只有两个炙子，总共也不过能围上一二十人，但是一到黄昏，一批批的客人来了，坐也没地方坐，一时也轮不上吃，老五会告诉客人，再等二十几位，或

者三十几位，那么客人就会到西单牌楼去绕个弯儿，再回来就差不多了。没有登记簿，他们却是丝毫不差地记住了前来后到的次序。没有争先，不可能插队，一切听凭老五的安排，他并没有因为来客是坐汽车的或是拉洋车的，而有什么区别，这就是他的公平和亲切。

一边手里切肉一边嘴里算账，是老五的本事，也是艺术。一碗肉，一碟葱，一条黄瓜，他都一一唱着钱数加上去，没有虚报，价钱公道。在那里，房子虽然狭小，却吃得舒服。老五的笑容并不多，但他给你的是诚朴的感觉，在那儿不会有吃得意气这种事发生。

秋天在北方的故都，足以代表季节变换的气味的，就是牛羊肉的膻和炒栗子的香了！

1961年10月30日

骑毛驴儿逛白云观

很久不去想北平了，因为回忆的味道有时很苦。我的朋友琦君却说："如果不教我回忆，我宁可放下这支笔！"因此编辑先生就趁年打劫，各处拉人写回忆稿。她知道我在北平住的时候，年年正月要骑毛驴儿逛一趟白云观，就以此为题，让我写写白云观。

白云观事实上没有什么可逛的，我每年去的主要的目的是过过骑毛驴儿的瘾。在北方常见的动物里，小毛驴儿和骆驼，是使我最有好感的。北方的乡下人，无论男女都会骑驴，因为它是主要的交通工具。我弟弟的奶妈的丈夫，年年骑了小毛驴儿来我家，给我们带了他的乡下的名产醉枣来，换了奶妈这一年的工钱回去。我的弟弟在奶妈的抚育下一年年地长大了，奶妈却在这些年里连续失去了她自己的一儿一女。她最后终于骑着小毛驴儿被丈夫接回乡下去了，所以我想起小毛驴儿，总会想起那些没有消息的故人。

骑毛驴儿上白云观也许是比较有趣的回忆，让我先说说白云观是个什么地方。

白云观是个道教的庙宇，在北平西便门外二十里的地方。白云观的建筑据说在元太祖时代就有，那时叫太极宫，后来改名长春宫，里面供了一位邱真人塑像，他的号就叫长春子。这位真人据说很有道行，无论有关政治，或日常生活各方面，曾给元太祖很多很好的意见。那时元太祖正在征西，天天打仗，他就对元太祖说，想要统一天下，是不能以杀人为手段的。元太祖问他治国的方法，他说要以敬天爱民为本。又问他长生的方法，他说以清心寡欲为最要紧。元太祖听了很高兴，赐号“神仙”，封为“太宗师”，请他住在太极宫里，掌管天下的道教。据说他活到八十岁才成仙而去。在白云观里，邱真人的像是白皙无须眉。

现在再说说我怎么骑小驴儿逛白云观。

白云观随时可去，但是不到大年下，谁也不去赶热闹。到了正月，北平的宣武门脸儿，就聚集了许多赶小毛驴儿的乡下人。毛驴儿这时也过新年，它的主人把它打扮得脖子上挂一串铃子，两只驴耳朵上套着彩色的装饰，驴背上铺着厚厚的垫子，挂着脚镫子。技术好的客人，专挑那调皮的小驴儿，跑起来才够刺激。我虽然也喜欢一点刺激，但是我的骑术不佳，所以总是挑老实的骑。同时不肯让驴儿撒开地跑，却要驴夫紧跟着我。小驴儿再老实，也有它的好胜心，看见同伴们都飞奔而去，它也不肯落后，于是开始在后面快步跑。我起初还拉着缰绳，“嘚嘚嘚”地乱喊一阵，好像很神气。渐渐地不安于鞍，不由得叫喊起来。虽然赶脚的安慰我说：“您放心，它跑得再稳不过。”但是还是要他帮着把驴拉着。碰上了我这样的客人，连驴夫都觉得没光彩，因为他失去表演快驴的机会。

到了白云观，付了驴夫钱，便随着逛庙的人潮往里走。白云观，当年也许香火兴旺过，但是到了几百年后的民国，虽然名气很大，但是建筑已经很旧，谈不上庄严壮丽了。在那大门的石墙上，刻着一个小猴儿，进去的游客，都要用手去摸一摸那石猴儿，据说是为新正的吉利。那石猴儿被千千万万人摸过，黑脏油亮，不知藏了多少细菌，真够恶心的！

进了大门的院子，要经过一道小石桥，白云观的精华，就全在这座石桥洞里了。原来下面桥洞里盘腿坐着一位纹风不动的老道，面前挂着一个数尺直径的大制钱，钱的方洞中间再悬一个铜铃。游客用当时通用的铜币向银铃扔打，说是如果打中了会交好运，这叫作“打金钱眼”。但是你打中的机会，是太少太少了。所以只听见铜子儿叮叮当当纷纷落在桥底。老道的这种敛钱的方法，也真够巧妙的了。

打完金钱眼，再向里走，院子里有各式各样的地摊儿，最多的是“套圈儿”，这个游戏像打金钱眼一样，一个个藤圈儿扔出去，什么也套不着，白花钱。最实惠的还是到小食摊儿上去吃点什么。灌肠、油茶，都是热食物，骑驴吸了一肚子凉风，吃点热东西最舒服。

最后是到后面小院子里的老人堂去参观，几间房里的炕上，盘腿坐着几位七老八十的老道。旁边另有仿佛今天我们观光术语说的“导游”的老道，在报着他们的岁数，八十四，九十六，一百零二，游客听了肃然起敬，有当场掏出敬老金的。这似乎是告诉游人，信了道教就会长生，但是看见他们奄奄一息的样子，又使人感到生趣索然了。

白云观庙会在正月十八“会神仙”的节目完了以后，就明年见了。“神仙”怎么个会法，因为我只骑过毛驴儿而没会过神仙，所以也就无从说起了！

金
信箱